# A CRUZ DE ZETA

E Se Você Descobrisse que
Não é Quem Você Pensa?

Fátima Venceslau

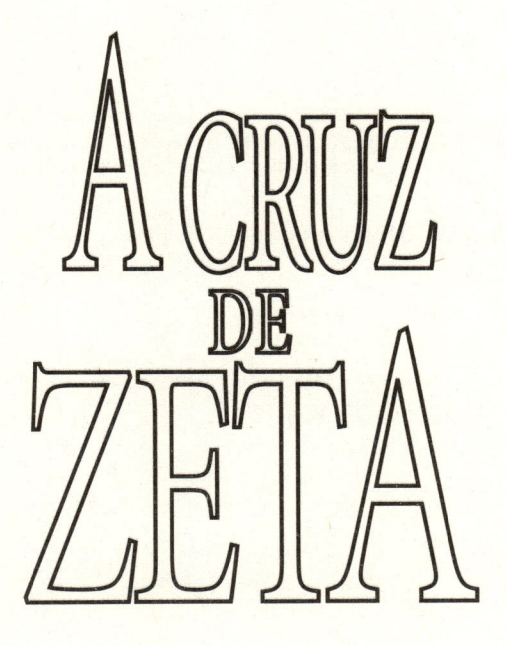

# A CRUZ DE ZETA

E Se Você Descobrisse que
Não é Quem Você Pensa?

MADRAS*TEEN*

© 2016, Madras Editora Ltda.

*Editor:*
Wagner Veneziani Costa

*Produção e Capa:*
Equipe Técnica Madras

*Revisão:*
Jerônimo Feitosa
Neuza Rosa

---

**Dados Internacionais de Catalogação na Publicação (CIP)**
**(Câmara Brasileira do Livro, SP, Brasil)**

Venceslau, Fátima
A cruz de Zeta: e se você descobrisse que não é quem você pensa?/Fátima Venceslau. – São Paulo: Madras, 2016.
ISBN 978-85-370-1010-5
   1. Ficção brasileira 2. Ficção fantástica
   I. Título.

16-04979                    CDD-869.3087

   Índices para catálogo sistemático:
   1. Ficção fantástica: Literatura brasileira
   869.3087

---

É proibida a reprodução total ou parcial desta obra, de qualquer forma ou por qualquer meio eletrônico, mecânico, inclusive por meio de processos xerográficos, incluindo ainda o uso da internet, sem a permissão expressa da Madras Editora, na pessoa de seu editor (Lei nº 9.610, de 19/2/1998).
Madras Teen é um selo da Madras Editora.

Todos os direitos desta edição reservados pela

**MADRAS EDITORA LTDA.**
Rua Paulo Gonçalves, 88 – Santana
CEP: 02403-020 – São Paulo/SP
Caixa Postal: 12183 – CEP: 02013-970
Tel.: (11) 2281-5555 – Fax: (11) 2959-3090
**www.madras.com.br**

# ÍNDICE

O Início .................................................................... 7
Segunda-feira ....................................................... 10
Estrelas ................................................................. 16
Teresópolis ........................................................... 23
Casa da Serra ....................................................... 30
O Sonho ................................................................ 38
O Preparo ............................................................. 43
O Show ................................................................. 46
Tentativa ............................................................... 50
Amigo Novo .......................................................... 55
O Atraso ............................................................... 59
Motocicletas ......................................................... 63
O Novo Professor ................................................. 68
Aula de Biologia ................................................... 71
A Surpresa ............................................................ 77
Encontro ............................................................... 84
Livraria .................................................................. 91
A Casa de Marcos ................................................ 96
O Resgate ........................................................... 104
Zorb ..................................................................... 109
Ruínas ................................................................. 115
A Origem ............................................................. 119
Explicações ......................................................... 126
Volta à Escola ..................................................... 130
O Rapto ............................................................... 135

Ret ........................................................................................... 142
A Fuga .................................................................................... 148
Rana ....................................................................................... 154
O Ataque ................................................................................ 160
Aliança ................................................................................... 167
A Volta ................................................................................... 174
Revelação ............................................................................... 179
Epílogo ................................................................................... 186

# 1

# O INÍCIO

Rio Grande do Sul
Ruínas de São Miguel
Julho de 2002

    Lembrava um quadro enfeitando uma ampla sala de visitas em um castelo medieval europeu, exercendo poderosa atração aos olhares mais sensíveis. Um quadro antigo, envelhecido, assustador, porém extremamente belo: as ruínas de uma igreja localizada no meio de um imenso campo verde, cercada de um lado pelo cemitério indígena e do outro pelos aposentos dos padres.
    Júlia encontrava-se ao lado da grande Cruz Missioneira, a cruz de dois braços, afastada o suficiente para dar um panorama do lugar. Ao olhar a paisagem, sua imaginação viajava. *Que lugar mágico!* Então, voltando a si, correu pelos campos verdejantes na direção da antiga igreja, transbordando felicidade, na inocência de seus 7 anos de idade. Seus cabelos longos e castanhos, levemente encaracolados e brilhantes, esvoaçavam ao doce sabor do vento. E seus grandes olhos azuis – observadores e penetrantes, herança de sua mãe – contrastavam com seu vestido vermelho e não deixavam nada passar despercebido. Curiosidade era sua característica fundamental.
    Ao aproximar-se da igreja, Júlia parecia entrar em um imenso labirinto de tijolos marrons antigos e desgastados pela ação do tempo. Ultrapassou a porta principal e olhou para cima, atônita. Estava na parte central da igreja, em um corredor comprido, ladeado pelas naves laterais. As paredes eram altíssimas e o teto ruíra com o passar dos anos, dando lugar ao céu aberto, que naquele dia estava nublado, mostrando

nuvens densas e sinistras. Parecia estar em outro mundo, em outra época... Uma mágica volta ao passado de um tempo que não existia mais.

Apoiou-se na parede, olhou para trás e viu seus pais andando em um ritmo mais calmo, observando os detalhes do lugar. Paulo fotografava a paisagem cuidadosamente. Júlia sorriu, percebendo que sua mãe, Vitória, havia passado a responsabilidade das fotos para ele, que sabia muito bem como enquadrar o que via em uma fotografia.

A presença de alguns indígenas andando pelos campos chamou a atenção da menina, que nunca tinha visto um índio pessoalmente. Só na televisão e nos livros. Seu pai havia lhe dito que veria remanescentes dos bravos índios guerreiros guaranis naquele lugar. Mas subitamente, um deles prendeu mais a sua atenção.

*Que índio esquisito!*, ela observou. Um pouco mais à frente, no canto esquerdo da lateral da igreja, Júlia avistou um rapaz estranho, que a observava. Ele era muito alto e tinha cabelos compridos, lisos e loiros. Seus olhos apresentavam um brilho diferente, que chamou sua atenção, apesar da distância. Ele usava roupa branca, com áreas translúcidas que refletiam cores variadas, o que fez Júlia se perguntar se aquela era uma roupa indígena de festa. Impressionada, olhou para trás buscando seus pais e percebeu que sua mãe já estava bem perto.

– Mãe! – resolveu questionar, franzindo a testa. – Existe índio loiro?

– Claro que não, filha! – Vitória afagou a cabeça de Júlia, rindo – Os índios são todos bronzeados pelo sol e têm cabelos pretos, lisos e brilhantes... Bom, pelo menos aqui no Brasil.

– Mas, mãe... Eu vi um índio loiro com uma roupa brilhante – afirmou a menina, ofegante de empolgação. Depois saltitou de volta para onde o tinha visto e olhou para todos os lados. – O índio sumiu!!! – concluiu espantada, elevando os braços e largando-os ao longo do corpo.

– Ora, querida, você deve ter imaginado – completou Vitória, olhando ao redor e também procurando pelo índio.

Ligeiramente irritada com o sumiço do índio, Júlia afastou-se novamente dos pais, correndo e olhando para os lados, à procura dele. Como toda criança alegre, logo esqueceu o que viu e distraiu-se com o passeio. Tudo parecia tranquilo, até avistá-lo novamente próximo a uma pilastra enorme na lateral esquerda da igreja. Então, ela parou, olhou para ele e ficou extasiada com as luzes refletidas em sua roupa. O homem olhou para a pequena menina e sorriu, sinalizando para que se aproximasse dele. Sem se dar conta, Júlia começou a andar em sua direção, afastando-se cada vez mais dos pais, até chegar bem perto do índio de cabelos dourados, que pareceu hipnotizá-la com o olhar. Ao chegar perto, ele estendeu a mão para ela, que instintivamente lhe retribuiu, dando-lhe a sua. O homem a segurou – sem desviar o olhar –, e ambos desapareceram em meio às pessoas, sem que ninguém percebesse o que acabara de acontecer.

# 2

# SEGUNDA-FEIRA

Rio de Janeiro
Agosto de 2012

– Não acredito que está na hora de levantar! – reclamou Júlia irritada, espreguiçando-se quando sua mãe a acordou, às 6 horas da manhã. *Por que as aulas têm que começar de madrugada? Às 7 horas da manhã!* – questionou-se, zonza de sono, e então ouviu um barulho estranho do lado de fora, que não conseguiu definir. Esfregou os olhos, abriu a janela do quarto e olhou para fora... *Droga!* Estava chovendo de tal forma que parecia que ainda não havia amanhecido, em razão da intensa escuridão produzida pela grande quantidade de nuvens, carregadas e negras, que se aglomeravam pela imensidão daquele céu de segunda-feira.

– Ninguém merece. Uma segunda-feira chuvosa e eu nem posso dormir um pouco mais, porque tenho que ir para a escola. *Que saco!* – praguejou, ainda mais aborrecida.

– Ora, Júlia, não reclame – Vitória fechou a janela. – Vou levá-la de carro, pois hoje só trabalho no período da tarde. Que mordomia, né, madame? – puxou também a cortina para esconder a chuva. – Queria ver você na minha época de escola. Não tinha ninguém para me levar de carro e eu ia de ônibus, chovesse ou fizesse sol. E sem reclamar! – observou, séria.

– Tá bom, mãe. Vou ficar pronta num minuto. – Júlia achou melhor parar de reclamar, pois não aguentava quando Vitória começava a falar de suas dificuldades na infância. Afinal, era outra época. Nos dias de hoje – pelo menos para ela –, era diferente, pois felizmente tinha acesso às mordomias que sua mãe não teve. E gostava de usufruir delas.

Como moradora da Barra da Tijuca pelo menos há cinco anos, residia em um condomínio de casas muito bem localizado, o *Condomínio Golden House*. Assim mesmo... Em inglês. Júlia nunca conseguiu entender o porquê dos nomes da maioria dos condomínios do bairro serem em outra língua, como o inglês, francês ou italiano. Uma vez que vivia no Brasil, não poderia ser *Condomínio Casa Dourada*? Acaso em português seria menos chique?

Balançou a cabeça, rindo dos próprios pensamentos enquanto se levantava para lavar o rosto. De fato, amava sua casa, que era muito grande na parte da frente do terreno, e tinha uma cerca de ferro fundido com um portão imponente todo desenhado de flores. Possuía dois andares e apresentava um jardim bem diversificado na frente, com rosas, palmeiras, margaridas e várias plantas decorativas. A fachada, toda pintada de azul-claro e com janelas brancas, era rodeada por canteiros floridos belíssimos, que chamavam a atenção pelo toque europeu.

A família tinha tudo o que precisava perto de casa: shoppings, mercados, farmácias, e – felizmente para Júlia – sua escola não era tão distante de carro. Já de ônibus, demorava um pouco mais por causa do trajeto mais longo e ao trânsito, que quase sempre estava tumultuado.

Júlia costumava se perguntar o porquê de ser tão difícil ir para a escola depois de um fim de semana. *Não deveria existir a segunda-feira*, pensava de modo ranzinza. Mas, quando raciocinava melhor, chegava à conclusão de que, então, a terça seria equivalente à segunda, o que daria no mesmo, afinal o que mais pesava era a preguiça que sentia no primeiro dia de aula. Preguiça só de pensar que teria aulas chatas, mas que não poderia deixar de assistir, pois no Enem faria prova de todas as matérias, e não só das que gostava. Olhou para o cronograma escolar, que estrategicamente estava pendurado no mural da parede de seu quarto, e lembrou-se de que teria aula de matemática.

*Já pensou começar a segunda-feira com matemática? Ninguém merece!*

Não que tivesse dificuldades com a matéria, muito pelo contrário, não conseguia entender por qual razão as pessoas reclamavam tanto dela. Tinha uma facilidade nata para matemática e conseguia resolver as questões em um piscar de olhos. Muitas vezes, enrolava para não mostrar que havia resolvido as questões de modo tão rápido, enquanto seus colegas ainda nem haviam começado. O que cansava era ter que disfarçar dificuldade para não chamar atenção para si, pois detestava isso. E, no mais, ouvir os colegas reclamando da matéria o tempo todo também era um grande desgaste.

*Acorda, Júlia! Vamos embora, não adianta reclamar!*, fortaleceu-se a si mesma em voz alta, olhando-se no espelho, assustada com sua cara amassada de sono e seu cabelo despenteado. Era uma jovem que media cerca de 1,68 metro, magra e esguia. Orgulhava-se de seu cabelo longo, castanho-claro e levemente encaracolado nas pontas. Não se achava exatamente bonita, mas sabia que seus olhos azuis chamavam atenção. Eram seu ponto forte. Em seguida, Júlia tomou um banho e se arrumou rapidamente, depois foi para a sala de jantar tomar o café da manhã, sua refeição favorita. A sala estava localizada no lado esquerdo da casa e ostentava uma mesa para seis lugares, iluminada por um imenso lustre de cristal.

– Como pode... – começou a dizer ao colocar a mochila nas costas. – Deixei muitos livros no armário da escola e, ainda assim, a mochila pesa que nem chumbo.

– O último ano do Ensino Médio é assim mesmo – comentou sua mãe. – Tem muita coisa para estudar e muitos livros para carregar. O melhor é organizar o que você deve levar e o que pode deixar em casa ou no armário da escola.

*Como se eu já não soubesse disso! Pensa que ainda sou criança?* Será que sua mãe não percebia o quanto ela tentava se organizar, apesar de nem sempre conseguir?

Foram para a garagem, onde Vitória entrou em seu Honda Civic prata e ambas seguiram na direção da escola pela Avenida das Américas. A chuva já havia passado, entretanto as nuvens carregadas persistiam, dando um aspecto peculiar à paisagem.

– Mãe, olha a Pedra da Gávea! Não está incrível hoje? – observou Júlia.

– Sem dúvida, está linda como sempre – concordou Vitória, distraída.

Júlia sempre gostou de observar, no horizonte daquela avenida, o desenho da Pedra da Gávea, que tinha a forma da cabeça de um gigante deitado. A imagem a encantava, não só por sua beleza como também pelo fato de ainda ser um dos grandes mistérios do Rio de Janeiro. Havia lido sobre uma teoria de que a Pedra da Gávea seria o túmulo de um rei fenício, onde foram encontradas inscrições antigas. De fato, o formato e a face esculpida em forma de um rosto lembravam mesmo um tipo de esfinge. O Pão de Açúcar, cartão postal da cidade, formaria os pés desse gigante.

Havia muitas lendas nessa região, como bolas de fogo, condensações de energia, fantasmas, animais estranhos. Sempre que ia para a escola, Júlia olhava para esta montanha e ficava se questionando: *Quem teria esculpido tudo aquilo? A natureza? Algum povo antigo que aqui esteve no passado? Uma civilização extraterrestre?* O mistério sempre fazia sua imaginação viajar ao pensar em tantas possibilidades.

Apesar de terem saído com razoável antecedência, não conseguiram evitar o engarrafamento, mesmo assim chegaram dentro do horário. Ao deixar Júlia, Vitória só conseguia pensar no que ainda tinha para fazer, antes de ir para o trabalho. Formada em Literatura, ela lecionava em duas universidades.

– Tchau, mãe! – Júlia desceu do carro e, ao despedir-se de sua mãe, acenou ao vê-la partir. Em seguida, seguiu o carro com os olhos e uniu as sobrancelhas. *O que era aquilo no banco de trás? Um cachorro?* Pegou o celular imediatamente e ligou para sua mãe, que já se encontrava fora de sua visão.

– Júlia? Não me diga que esqueceu alguma coisa no carro? – perguntou Vitória, surpresa.

– Não, mãe! Só quero saber que cachorro é esse que acabei de ver no banco de trás do seu carro?

– Cachorro? No meu carro? – perguntou Vitória, virou-se e examinou o assento de trás. – Mas... Não há cachorro algum aqui.

– Como não? Enquanto você saía, deu para eu ver um cachorro enorme na traseira do seu carro – afirmou Júlia, começando a duvidar de si mesma.

– Deve ter sido sua imaginação, querida. Estou olhando para o banco do carro agora. Não há nada aqui – respondeu prontamente.

– Mas, mãe. Eu... – Júlia diminuiu a voz, achando melhor não insistir. – Devo ter imaginado... Ok... Então. Tchau, mãe!

– Tchau, filha! Um beijo e um bom dia de aula.

Intrigada, Júlia desligou o telefone e ficou pensativa por alguns instantes. Sabia que havia visto algo. Mas, como explicar? Teria imaginado? Resolveu então entrar pelo portão principal e encontrou Mariana, sua melhor amiga, esperando por ela.

– Finalmente! Pensei que não viesse hoje. Estava demorando tanto... – Mariana olhava para o relógio de pulso.

– Com essa chuva tive dificuldade de levantar. Estava com uma preguiça danada – respondeu entediada.

– E por que não ficou em casa? – ironizou Mariana, como se isso fosse uma opção.

– Até parece que você não conhece a Dona Vitória – respondeu Júlia, olhando para ela com as mãos na cintura e um olhar de espanto. – Imagine se ela iria me deixar faltar. Mesmo que estivesse chovendo canivetes eu estaria aqui.

As duas amigas riram juntas, dirigindo-se para a sala de aula.

Júlia decidiu não pensar mais no assunto "cachorro". *Melhor esquecê-lo.* Devia estar vendo coisas. *Como posso ter visto um cachorro no carro de minha mãe, se nem cachorro nós temos?*, concluiu, sentindo-se esquisita.

As duas entraram na sala de aula, onde Rosana, a professora de matemática, já se encontrava. A apostila estava em cima da mesa aberta no capítulo a ser estudado. Júlia sentou-se no lugar de sempre, na carteira da frente, com Mariana ao seu lado. Ela se sentava, prestava atenção nas aulas e fazia todos os exercícios. Entretanto, não precisava estudar quando chegava em casa, pois a matéria que se recusava a entrar na cabeça de seus colegas, para ela era brincadeira. Não sabia explicar a facilidade que tinha para o entendimento de uma matéria que todos odiavam. *Por que é tão fácil para mim,* perguntava-se. Todo bimestre acontecia a mesma coisa. Ao olhar para a prova, sabia resolver tudo em um piscar de olhos e fatalmente tiraria nota dez, se quisesse. Mas não poderia ser assim. Como iria explicar? Então, disfarçava e não resolvia algumas questões para não tirar a nota máxima e chamar a atenção da professora. Não queria ser o centro das atenções. Acabava de recuperação e passando de ano pela ajuda dos trabalhos extras, que a professora passava. *Maravilha.* E assim levava o ano sem preocupações, pois sempre acabava passando.

Depois dos dois tempos de matemática – pois um só não era suficiente para tantos exercícios e cálculos –, tiveram mais um tempo de Literatura Brasileira, uma de suas matérias preferidas. Aí, sim, a aula fluiu como um rio serpenteando uma montanha verdejante. Estavam estudando o Romantismo, com a professora Maria, que era apaixonada pelo tema. Haviam lido o livro *O Guarani* de José de Alencar, um clássico da literatura romântica brasileira. Embora quase todos da turma reclamassem do livro e da história, que consideravam chata por conta da linguagem mais rebuscada, Júlia amou lê-lo e se identificou muito com Ceci, a protagonista da história. Sua ingenuidade e vida na selva da Serra dos Órgãos, às margens do Rio Paquequer, faziam-na viajar ao passado daquele tempo tão diferente de sua época. *Pena que eu não tenho um Peri na minha vida*, lamentava-se, referindo-se ao índio fiel e amoroso que fazia todas as vontades de Ceci e até daria a vida por ela.

Finalmente o sinal tocou, anunciando o intervalo. Mariana e Júlia foram lanchar e bater papo, para logo retornar para os dois últimos tempos de biologia. Ana, a professora grávida já bem adiantada, estava prestes a entrar de licença médica. *Não sei como está aguentando dar aulas. Está tão pesada que já apresenta dificuldades para andar*, percebia Júlia cada vez que a via. Já era do conhecimento de todos que ela seria substituída por outro professor o mais rápido possível. Percebia-se que Ana já não tinha mais muita paciência com uma turma de adolescentes barulhentos, que muitas vezes mais atrapalhavam a aula do que prestavam atenção.

Assim, após uma manhã atarefada de aulas, Júlia estava voltando para casa de ônibus, cansada e faminta. Pelo menos o sol começava a mostrar a sua luminosidade, prometendo uma semana linda de muito calor e praia, uma dádiva para quem mora no Rio de Janeiro, e não vive sem sol. Normalmente, voltava para casa de carona com Mariana e sua mãe, mas neste dia ela tinha médico marcado. Júlia, que teria ido junto, preferiu ir direto para casa, pois estava cansada e queria almoçar e dormir um pouco. *Por que sinto tanto sono? Deve ser mal da idade!*

# 3

# ESTRELAS

À noite, Júlia costumava ficar no seu quarto de janela aberta, olhando para as estrelas, especialmente para uma que chamava de sua. Não cansava de olhar para esse ponto brilhante no céu; era como se ele falasse com ela, como se a chamasse. Era como um ímã que a puxava para si. *Poderia ficar assim horas, sem sentir o tempo passar...* Na verdade, divagava pensando nas constelações. Chegava a se questionar se realmente era só ela que as admirava. *Dizem que as estrelas também nos veem. Seria verdade? Imagine! Nós duas nos observando, nos contemplando... Seria possível?* Filosofava sobre as possibilidades. Desde que se conhecia por gente, Júlia costumava olhar para elas, especialmente a mais reluzente, sempre a primeira a aparecer. Como se isso fosse a coisa mais importante da sua vida.

Seria a solidão? Nunca tinha sido o que podia se chamar de menina descolada, extrovertida ou popular. Se pudesse contar a quantidade de amigas verdadeiras que tinha, só poderia mencionar Mariana. A única pessoa para quem podia contar os próprios segredos e, mesmo assim, com restrições, porque há coisas que achava melhor guardar para si. Além disso, Mariana tinha namorado e Júlia, tecnicamente, não. Por isso, achava difícil comentar com Mariana que o dia estava chato, ou que o sol não estava lá tão brilhante assim... Não havia como compartilhar o que muitas vezes sentia. Mariana não entenderia, não sentiria como ela, não haveria identificação. Ao olhar para sua estrela naquele momento, reparou que parecia mais brilhante do que nunca. *Será que está tentando me consolar? Parece que sabe que especificamente hoje eu estou triste... Muito triste. Afinal, não é todo dia que se discute com a melhor amiga!* – pensou, tentando achar consolo no brilho de sua estrela, que agora parecia ser sua única amiga.

    Naquela sexta-feira, Júlia tinha ido à casa de Mariana para estudarem matemática juntas. Na verdade, iria mais ajudá-la, uma vez que para ela matemática não era um problema. Por ser sua melhor amiga, Mariana conhecia alguns de seus segredos. Sabia, por exemplo, que nos últimos meses Júlia havia mantido contato pelo Facebook com um rapaz. Ela o conheceu em uma sala de bate-papo na internet, por intermédio de uma colega da escola que já o conhecia e os apresentou. Júlia gostou dele desde o início, pois, pela conversa, ele lhe pareceu ser bastante tranquilo, apesar de ambos terem a mesma idade. Conversaram muito, marcaram de continuar o bate-papo no dia seguinte, e assim aconteceu, até a troca de fotos no Facebook. A princípio, Júlia não gostou nem um pouco da foto dele. Meio nebulosa e só de perfil. Disse que não gostava de tirar fotos. Júlia logo contou para Mariana.

    – Cuidado, Júlia! – disse ela cismada. – Esse rapaz deve ter algum problema ou... Deve ser feio, horroroso – disse com um olhar assustado. Namoro virtual engana muito. Não sei não, estou começando a ficar preocupada com você.

    – Nada a ver, Mariana! – despreocupada, Júlia já se arrependia de ter contado para ela. – Ele deve ser só muito tímido. Mas, vou pedir outra foto para poder ver melhor o rosto dele.

    Júlia já havia lhe mostrado várias fotos, pois só postava no Facebook aquelas que considerava as melhores – coisa difícil, pois se achava horrorosa em todas – entretanto, ele mandou uma que não dava para ver o seu rosto direito. Mas, mesmo assim, Júlia e Fernando continuaram comunicando-se. E ela acabou se sentindo comprometida com ele e não conseguia nem olhar para outros garotos. Simplesmente não a interessavam, só pensava em Fernando, envolvida por seus mistérios.

    Então, Mariana a convidou para a festa surpresa de aniversário de Alex, seu namorado, que seria em sua casa. Na mesma hora Júlia disse que não sabia se iria, pois detestava segurar vela. Mariana imediatamente revidou:

– Ora! Então chame o tal de Fernando também! – olhou para ela e resolveu implicar, com a maior cara de pau. – Grave o retrato dele em um CD, ou *pen drive*, e traga-o com você para a festa, pra te fazer companhia! Assim não estará segurando vela – e Mariana caiu na gargalhada, como se esta fosse a piada do ano.

Naquele momento, Júlia sentiu como se seu mundo desabasse. Podia esperar isso de qualquer pessoa, até mesmo de sua mãe, mas nunca da Mariana, que conhecia seus segredos mais íntimos. *Como pôde me zuar assim?*, repetia internamente até a cabeça doer. Seus olhos se encheram de lágrimas, mas, ainda assim, Júlia deu um sorriso forçado e disse que ia analisar a proposta, fingindo ter aceitado a brincadeira numa boa. Deu meia volta e comunicou que tinha de ir embora, pois precisava ajudar sua mãe no jantar, e saiu rapidamente.

Por morar no mesmo condomínio de Mariana, foi caminhando para casa e aproveitou para colocar os pensamentos em ordem. Seu coração estava machucado. Parecia que havia se formado uma ferida dentro dele. Uma mistura de sentimentos: raiva, dor, decepção... Tudo que não queria sentir fora causado por sua "amiga". *Como pôde ser tão cruel? E ainda achar a brincadeira engraçada. Tenho vontade de nunca mais falar com ela*, pensava à exaustão.

O caminho para casa foi longo e triste. Parecia mais extenso do que o normal. Júlia desabou, chorando muito. Será que Mariana não percebia que o que havia lhe dito a magoara profundamente? Tinha um namorado presente. Podia senti-lo, tocá-lo, beijá-lo, simplesmente olhar para ele. *Eu, nem uma foto decente do meu namorado tenho. Quem dirá sentir sua presença ou tocá-lo. Uma brincadeira que não se devia fazer nem com um inimigo, que dirá com a melhor amiga*, analisava, sem conseguir conter as lágrimas, que insistiam em cair. Assim, apressou o passo antes que encontrasse alguém que a visse naquele estado lastimável. Ao chegar em casa, o jantar já estava pronto, mas seu pai ainda não havia chegado. *Ainda bem, assim não preciso conversar com ele. Não estou com a mínima vontade de explicar meu rosto vermelho*, pensou secando as lágrimas e tentando escondê-lo disfarçadamente, para que sua mãe não percebesse. Entretanto, assim que Vitória olhou para a filha reparou em seus olhos avermelhados, tristes e molhados.

– O que houve? Estava chorando? – perguntou preocupada, segurando seu rosto.

– Nada mãe. Ciscos enormes caíram nos meus olhos e eu esfreguei muito. Por isso estão assim, vermelhos e lacrimejantes – disse, tentando fugir do assunto.

– Tá bom, mocinha! Nos dois olhos? – questionou Vitória. – A mim você não engana, não. O que aconteceu? Me conta, filha – pediu carinhosamente.

– Me zanguei com a Mariana. Nada de mais... Mas, sabe como é... Eu não gosto de brigar com ela – disse sem conseguir mais conter as lágrimas. – É minha melhor amiga.

– Sei, filha. Mas... É assim mesmo. A gente sempre briga com quem a gente mais ama. – Vitória passou a mão nos cabelos de Júlia. – E fica uma ferida profunda e difícil de cicatrizar. Mas, isso passa. Logo, logo você esquece e tudo volta ao normal – e beijou Júlia na testa.

Mãe e filha jantaram, e após Júlia ajudar Vitória a lavar a louça, disse que estava cansada e ia dormir.

– Júlia! – Vitória a chamou. – Não esqueça que amanhã bem cedo vamos a Teresópolis. Deixe sua mala arrumada.

– Não se preocupe, mãe! Já está tudo quase pronto. Faz três dias que estou arrumando essa mala para não me esquecer de nada – Júlia voltou, deu um beijo de boa-noite na mãe e subiu para seu quarto.

A semana havia voado, já era sexta-feira. Júlia quase havia esquecido que combinaram passar o fim de semana em Teresópolis, para descansarem um pouco. Era o programa favorito de seus pais e o seu também, pois tinha amigos lá e fazia tempo que não subiam a serra. Um mês precisamente, e ela já estava com saudades. Nada melhor para distrair sua cabeça naquele momento que respirar novos ares.

Então, Júlia olhou novamente para sua estrela. *Para ela posso contar, sem rodeios, tudo que estou sentindo. Minha tristeza... Minha dor... Minha decepção.* Lamuriava-se, relembrando o que havia ocorrido entre ela e Mariana. Olhou para sua mala, que estava praticamente pronta, e então decidiu deitar logo e dormir para esquecer os últimos acontecimentos.

Não se lembrava de ter pegado no sono. Só lembrava que, após ter ido ao banheiro, tomado banho, escovado os dentes e vestido sua camisola mais fresca – por causa do intenso calor que fazia, apesar do fim do inverno –, havia se deitado e custado um pouco a dormir. O ar-condicionado não parecia suficiente para refrescar o ambiente. Os pensamentos iam e vinham. Repetiu tudo o que havia acontecido tentando entender os porquês. A imagem nebulosa do Fernando de perfil... O rosto difícil de enxergar... O provável CD com sua foto gravada... E logo... Ela estava novamente em pé diante de sua janela, olhando para sua estrela. Então, Júlia disse... ou será que pensou, pois não mexeu os lábios: *Por que está tão longe? Posso ir aí te conhecer?*

Subiu no peitoril da janela e jogou-se no ar, começando a voar. Voou, voou muito alto, na direção do céu e da sua estrela e chegou a outro mundo, talvez outro planeta... Não sabia explicar. E aí... Ela o viu. Como um vislumbre do futuro, viu um rosto fino e bem feito, olhos de um azul intenso como o mar e cabelos loiros compridos. Usava um macacão branco e brilhante, moldado no corpo, botas de cano longo da mesma cor e um cinto prateado. Tinha um olhar magnético que parecia puxá-la, como se fosse um ímã. Ele olhou para ela e, sem abrir a boca, como se lhe transmitisse seus pensamentos por telepatia, disse:

– Júlia! Você me chamou? – ele olhou dentro dos seus olhos, parecendo perscrutar todo o seu ser. – Por que me parece tão triste? – aproximou-se dela, segurou suas mãos e apertou-as com carinho. – Aconteceu alguma coisa? Pode me contar. Estou aqui para ouvi-la e ajudá-la.

Júlia pôde sentir um calor reconfortante que vinha das mãos dele e um olhar que a hipnotizava, penetrando sua alma, parecendo sondar toda a tristeza que a preenchia. Sabia que ele era a cura de que ela precisava. Olhou para ele e, também sem mexer os lábios, lhe disse:

– Não se preocupe, estou bem! – e usufruiu do calor de suas mãos.

– Não gosto de lhe ver assim... Triste. Não entendo. O que você quer? – ele aproximou-se mais de Júlia.

– Só olhar pra você – ela disse.

Júlia conseguiu sorrir, feliz pela preocupação dele e correspondeu, apertando suas mãos e também deixando seus rostos se aproximarem, lentamente. Queria que aquele momento mágico não acabasse nunca, queria ficar ali para sempre com ele. Então, repentinamente sentiu um vento muito forte e um redemoinho que a envolveu e fez com que soltasse as mãos dele. Alguma coisa puxou-a de volta e, em um sobressalto, acordou de volta, cansada e toda suada, como se tivesse feito uma viagem muito longa e difícil. Estava na sua cama, olhando para sua estrela, com a janela do quarto completamente aberta.

Não conseguia entender. Aquilo nunca havia acontecido com ela, parecia tão real. Teria sido apenas um sonho? Quase podia sentir o vento acariciando seu rosto. Havia voado muito alto e alcançado um lugar muito distante. Não sabia explicar se se tratava só da distância ou também do tempo. O futuro talvez? E suas mãos? Estavam quentes como se tivessem ficado apertadas em outras mãos, seguras por algum tempo. Estavam até um pouco avermelhadas e ainda podia sentir o toque, o aperto e o carinho. Para onde ela tinha ido? E quem era ele? Aquele rapaz tão lindo, com aquela roupa estranha, diferente de tudo que ela já havia visto. Podia vê-lo na sua mente. Seu rosto muito branco, seus cabelos loiros e compridos, sua pele extremamente clara e lisa, sem marcas, e seus olhos tão azuis. Uma pessoa assim... Perfeita e tão bela, não poderia existir. Somente nos sonhos... Nos seus sonhos. Não era real. E, afinal, não era isso que ela acabara de ter? Um sonho? Um lindo e maravilhoso sonho que afastou de si toda a dor que estava sentindo antes.

Neste momento Júlia olhou, sem querer, para o relógio na cabeceira de sua cama. Duas horas da manhã. Precisava dormir, afinal ia viajar para Teresópolis pela manhã com seus pais e necessitava descansar. Iriam viajar cedo para aproveitar o fim de semana na serra. E agora? Dormir como, se o rapaz não saía de sua cabeça? Aquele rosto tão belo, emoldurado pelos cabelos loiros e longos, aquela roupa tão diferente em um corpo forte e atlético. E o toque de suas mãos? Tão quente e tão carinhoso... Parecia que ainda podia sentir e, na verdade, ainda sentia, ao tocar suas próprias mãos. Que rapaz bonito! Que visão! Não poderia realmente existir alguém assim, poderia?. Mas... Tinha sido apenas um sonho. Um sonho do qual ela não queria mais acordar. Quem sabe se conseguisse dormir novamente não sonharia com ele de novo. Ela tentaria... Sim, tentaria. Por que não?

*Desculpe, Fernando, mas esta noite não será você que estará na minha cabeça, nos meus sonhos, mas, sim, alguém cujo rosto eu vi e não consigo esquecer.*

Júlia fechou os olhos e, apesar da demora, finalmente adormeceu, voltando para seus sonhos.

# 4

# TERESÓPOLIS

Júlia acordou assustada, segurando a Cruz Missioneira pendurada em seu pescoço. Já estava virando um pesadelo. Aquele sonho outra vez. Não aguentava mais. Ultimamente, estava acontecendo com mais frequência. Há anos não sonhava com as ruínas de São Miguel, mas ultimamente sonhava dia sim, dia não, isso quando não era todo dia. Por quê?

Sempre soube que, quando tinha 7 anos, havia visitado as ruínas de São Miguel, no Rio Grande do Sul, com seus pais, que eram gaúchos e queriam que ela conhecesse a cidade natal deles. Sabia também que havia ficado desaparecida por quase seis horas, no interior das ruínas. Mas, o que realmente havia acontecido... Não sabia. Nem seus pais nunca lhe explicaram direito, apesar de sua insistência em querer saber. Só se lembrava vagamente de um rapaz loiro, que havia lhe atraído para junto de si. Só isso.

Quem ele era?

Para onde a tinha levado?

O que lhe acontecera?

Não sabia responder. Só tinha conhecimento dos vagos detalhes que seus pais haviam lhe contado, e que os médicos que a examinaram disseram que estava bem... Nunca quiseram falar muito sobre o assunto e Júlia acabava deixando para lá. Para que se aborrecer? Estava bem, e era isso que importava. Apertou bem forte sua Cruz Missioneira com a mão direita. Sempre a carregava consigo, pendurada em seu pescoço. Era seu talismã. Tinha o objetivo de protegê-la, pois a cruz de dois braços significava fé redobrada. Sentia-se ligada àquele lugar, e a cruz não a deixava esquecer-se disso. Já se passaram 10 anos desde que tudo havia acontecido. Estava agora com 17 anos e o sonho voltara com força total. Não sabia explicar o porquê. O sonho lhe transmitia curiosidade e vontade de descobrir o que realmente ocorrera naquele dia. Precisava saber. Mas, será que seus pais estavam dispostos a lhe explicar?

Olhou para o relógio – 5h20 da manhã –; era quase hora de se levantar. Havia colocado o relógio para despertar às 5h30 min, pois tinha combinado com a mãe que partiriam às 6 horas para Teresópolis. Achou melhor levantar logo, antes que dormisse novamente. Foi ao banheiro tomar um banho, em uma tentativa de despertar. Nada que um banho frio não resolvesse. Tirar aquela sensação de torpor e sonolência, após uma noite quente e maldormida. Nem o ar-condicionado dera vazão. Enquanto tomava banho, escutou o alarme do relógio no quarto de seus pais tocando. Logo estariam prontos e ela não deveria demorar. Seu pai não era muito tolerante com atrasos.

Abriu a mala e enfiou algumas roupas a mais dentro dela. Sorriu satisfeita, achando que já era suficiente, afinal ficariam somente o fim de semana. Não seria necessário levar todo seu guarda-roupa junto.

Teresópolis! Cidade da sua infância, que ela tanto amava. A *Cidade de Teresa* – homenagem a Theresa Christina, esposa de D. Pedro II, imperador do Brasil. Por ser uma cidade serrana – 910 metros de altitude –, possuía grande quantidade de áreas verdes e era cercada de lindas paisagens, cheias de rios, cascatas, além de uma flora e fauna locais muito ricas e abundantes. Essa cidade era bem diferente da cidade do Rio de Janeiro, principalmente pelo clima muito fresco. A temperatura no verão poderia alcançar, no máximo, 27 graus, isso quando estava muito quente. No inverno, poderia chegar a dez graus, com a sensação térmica até menor nas áreas mais altas – o que, para os cariocas como Júlia, acostumados com o verão de 40 graus, era "quase glacial". Por isso mesmo Júlia adorava. Gostava do frio, das lareiras, das roupas pesadas, das botas... Ela aproveitava para usar as roupas que normalmente não conseguia usar no Rio, que era sempre muito quente, mesmo no inverno.

E a culinária? Tudo era diferente! Uma alimentação muito mais saudável. Quando ia para a serra, Júlia aproveitava para comer coisas que normalmente não comeria, pois o calor do Rio acabava lhe tirando o apetite. Na serra, Vitória aproveitava para fazer *fondue* de queijo e de carne, e, como sobremesa, *fondue* de chocolate, o que Júlia considerava imperdível. Entretanto, sempre voltava para casa com a sensação de que estava mais gorda – para desespero de Vitória, que tinha que brigar com ela para que se alimentasse direito e parasse de fazer regime.

– Júlia! Já está pronta? – Paulo gritou, descendo a escada, carregando sua mala e a de Vitória.

– Estou quase pronta, pai! Pode pegar minha mala? – Júlia colocou-a próximo à descida da escada.

– Me alcance aqui – disse seu pai, esperando a carga que teria que levar e subindo a escada para pegar a mala da filha. Depois reclamou: – Júlia! Que peso é esse? Resolveu levar o guarda-roupa inteiro! É só um fim de semana na serra, e não uma volta ao mundo – ironizou.

– Nunca se sabe o que vamos precisar, né? Sou uma mulher prevenida – disse Júlia euforicamente.

– Está bem – concordou Paulo, sorrindo. – Mas não demore. – E arrastou a mala pesada pela sala.

Júlia espiou o corredor.

– Minha mãe ainda nem desceu e tomou café – constatou.

– Calma, já estou indo! – gritou Vitória, que não ficava sem seu café da manhã. Não conseguia ficar em jejum, por isso tomava qualquer coisa, nem que fosse um cafezinho. Precisava colocar algo no estômago, caso contrário, ficava muito mal-humorada e ninguém a aguentava.

Júlia correu para o banheiro e deu uma última olhada no espelho para verificar se estava tudo bem. Havia vestido uma calça *jeans* azul desbotada e uma regata verde bem leve para viajar, pois estou muito quente. Calçou seu tênis *All Star* preto e, naturalmente, levou um casaco, pois sabia que no caminho da serra certamente iria esfriar. Não gostava de sair muito cedo, pois ficava com a cara amassada de sono e o olhar perdido no horizonte. Afinal, acordar cedo não era o seu forte, principalmente nos fins de semana – quando aproveitava para dormir mais um pouco, uma vez que não tinha aula –, e, esta noite especificamente, não havia dormido direito.

*Também, quem conseguiria dormir com um rapaz daqueles na cabeça? Nenhuma garota em sã consciência conseguiria isso*, pensava para si. Mas, tudo para ir a Teresópolis. Até seu mau humor matinal Júlia deixara de lado. Certamente, teria um excelente fim de semana, sem ninguém para incomodá-la, exceto seus próprios pais, que poderiam lhe perturbar "com alguns programas bem legais", para que se divertisse e descansasse dos estudos para o Enem, que já estava bem próximo. Porém, tudo tem seu preço. Pelo menos, não teria que pensar em Mariana e também não teria como se comunicar com Fernando, pois decidira não levar o *laptop* e o *iPhone* não teria sinal em qualquer lugar, o que era bastante conveniente para quem queria descansar.

– Júlia! Vitória! São dez para as seis. Vamos embora! – Paulo as chamou, já impaciente.

Vitória desceu as escadas rapidamente e, em dois minutos, fez um café solúvel para ela e quem quisesse. Paulo bebeu uma xícara pequena e Júlia não quis, pois apesar do banho frio, ainda queria dormir no carro. Não estava com a mínima fome e achava que o café ainda poderia lhe tirar o sono. Assim que entrou no carro, apagou. Só ao passar no pedágio ouviu, por debaixo do sono, seus pais conversando animadamente sobre o que iriam fazer na cidade.

A viagem para Teresópolis não era muito longa. Durava mais ou menos umas duas horas, já que a distância do Rio é de 98 quilômetros, mas acabava demorando mais, pois eles sempre paravam no caminho. Na subida da serra, havia um lugar chamado *Casa do Queijo*, onde eles sempre paravam para lanchar, e seria ali que iriam, finalmente, tomar o café da manhã. Júlia amava os pastéis dos mais variados sabores que ali eram vendidos. Eram deliciosos. A viagem não seria a mesma sem parar na *Casa do Queijo*. Na verdade, também era um mini mercado e, assim, aproveitavam para fazer umas compras para levar para a casa da serra – além das compras que Vitória já havia feito no Rio. Júlia sempre pesquisava os doces. Não poderia viver sem eles. Ela precisava levar pelo menos alguns, para matar a vontade de saboreá-los nas noites frias da serra. Estava distraída procurando pelos doces, quando observou, através das prateleiras, mais à frente, um lindo rapaz loiro de cabelos compridos, encarando-a. Estava encostado em um balcão e, quando ela o viu, encontrou seus belos olhos azuis lhe fitando. Ele imediatamente desviou o olhar, virando para o lado oposto.

Júlia sabia que devia ter ficado vermelha de vergonha. Não conseguiu evitar. Ainda bem que estava longe e ele não perceberia. Também olhou para o outro lado, fingindo enorme interesse nas balas de gengibre com mel, nas amêndoas e nos doces de goiaba, que ornavam as prateleiras como flores coloridas. Disfarçou e tornou a olhar para o balcão, mas ele não estava mais lá. *Para onde teria ido?*

Seus olhos procuraram por ele por todo o mercado, que não era muito grande, e, em uma olhada panorâmica, dava para vasculhar como uma sonda procurando um objeto perdido no mar. Porém, não o encontrou mais. *Que pena! Queria vê-lo de novo,* pensou, sentindo um frio no estômago. *Engraçado! Lembrou-me muito o rapaz loiro do meu sonho... Era muito parecido com ele... Mas o que eu iria fazer? Conversar com ele? Claro que não. Se não consegui nem encará-lo,* meditou, ainda olhando para os lados, fazendo uma varredura do mercado, para ver se o avistava.

Vitória chamou Júlia para finalmente tomarem o café da manhã. Júlia dirigiu-se para onde ela estava, sem deixar de olhar para os lados, procurando o rapaz. Mas... Nada. Ele havia evaporado. Então, Júlia pediu um pastel de palmito – o seu favorito –, e saboreou-o com um café com leite. Vitória e Paulo acompanharam-na, pedindo pastéis de queijo e de carne. Júlia não resistiu e pediu um de maçã com canela para finalizar a *degustação de pastéis*, como costumava dizer. Assim, pagaram as compras e dirigiram-se para o carro. Ela ainda deu uma última olhada pelo mercado e no estacionamento tentando encontrar o rapaz, mas não o avistou. Colocaram as compras no porta-malas do carro e continuaram a viagem, já começando a subir a serra e sentindo a temperatura mudar. Apesar de ser o fim do inverno – e no Rio já estar muito calor –, na serra a temperatura era bem mais fresca e a noite certamente estaria bem fria.

Subiram a serra calmamente, pois o trânsito ainda estava tranquilo. Ao chegarem ao topo, na entrada da cidade, avistaram o *Dedo de Deus* – cartão postal da cidade. Um pico de 1.692 metros de altitude, cujo contorno se assemelhava a uma mão gigante apontando o indicador para o céu. O pico era um dos vários monumentos geológicos da serra, que ficava no Parque Nacional da Serra dos Órgãos, criado em 1939. Quando se olhava para a Serra dos Órgãos era impossível não se lembrar do significado deste nome. Segundo alguns historiadores, este nome teve origem na imaginação dos colonizadores, que eram católicos portugueses, e que enxergaram na sequência singular de picos algo semelhante aos tubos de um órgão, instrumento musical muito comum nas igrejas europeias da época.

Júlia sempre se lembrava de que a primeira vez em que ouviu o nome Serra dos Órgãos pensou nos órgãos do corpo humano, e achava que se referiam a esses órgãos, e não ao órgão musical. Não conseguia fazer uma relação, até entender o significado do nome. Entretanto, mais tarde leu que outra versão relacionava o nome da serra a algumas de suas formações rochosas como o *Dedo de Deus*, *Nariz do Frade*, *Dedo de Nossa Senhora*, entre outros, que foram entendidos de forma errada como órgãos humanos. Foi quando ela percebeu que sua forma de interpretar, como criança, não estava tão errada assim. Adorava parar no lugar onde melhor se podia avistar o *Dedo de Deus*, conhecido como *Soberbo*. Fora um botânico holandês chamado Max Spix, em 1818, que, chegando a esse lugar e contemplando a vista da Baía de Guanabara e do *Dedo de Deus*, exclamou em francês: *C'est soberb!* – É soberbo! – Desde então, o local passou a ser chamado de *Soberbo*.

*É sempre bom conhecer pelo menos um pouco da história do lugar onde se vive, pois assim as coisas têm mais sentido*, Júlia costumava pensar.

Finalmente avistaram o Portal da entrada da cidade, onde se lia:

## Bem-vindo a Teresópolis.

Então, Júlia sentiu uma sensação de conforto e paz, olhou para todo aquele verde e suspirou. No seu íntimo, disse: "Chegamos!". Imediatamente, lembrou-se do *slogan* que costumava ser colocado pelas agências de turismo para promover a cidade.

## TERESÓPOLIS, A NATUREZA VIVE AQUI! AQUI SE VIVE A NATUREZA.

Não havia dúvidas de que, em um lugar cercado pela Natureza – com árvores, flores, pássaros, um céu maravilhoso, um cheiro de terra e mato –, seria impossível não vivê-la. Mesmo sendo bem urbana, como Júlia era, quando chegava em Teresópolis a Natureza lhe trazia sensações que normalmente nem imaginava que teria. Sentia o prazer de respirar o ar puro, se revigorava e renascia, para, aí sim, poder voltar à rotina do dia a dia, fortalecida.

De repente, percebeu que, próximo ao portal da cidade, havia um cartaz enorme que anunciava a *Motofest de Teresópolis*. Era um evento de três dias, geralmente no mês de agosto, que reunia motociclistas e movimentava o comércio, hotéis e restaurantes da cidade. Normalmente, havia shows de bandas de *rock*, além de exposições de motos e *stands* de artigos para motociclistas. Como podia ter se esquecido da Motofest? Fazia algum tempo que não vinha para a serra, por isso havia esquecido completamente do evento. Provavelmente, haveria algum show de bandas que lhe interessaria e iria assistir com seus colegas da serra. Respirou fundo e a cabeça viajou.

*O fim de semana promete!*

# 5

# CASA DA SERRA

A casa da família Mattos ficava na região próxima ao Parque Nacional da Serra dos Órgãos. Logo depois da entrada do parque, virava-se à esquerda e deparava-se com uma subida, que já revelava uma mudança na temperatura. Ficava cada vez mais frio. A casa era bastante grande e acolhedora, num estilo colonial. Pertencia à família há anos, pois fora construída pelos avós maternos de Júlia, José e Maria, quando sua mãe ainda era adolescente, e eles haviam chegado ao Rio, vindos do sul. Como Vitória era filha única, herdou a casa de seus pais quando faleceram, cinco anos atrás, em um acidente de carro. Foi um acontecimento muito triste para todos. Júlia amava seus avós e perdê-los de repente foi traumatizante, tanto para ela quanto para sua mãe. Desde então, seus pais zelavam pela casa, procurando mantê-la sempre organizada, como Maria gostava.

Além disso, a casa era circundada por uma varanda toda fechada por vidros, cujo objetivo era não atrapalhar a visão da paisagem e não deixar entrar tanto frio. Um toque de modernidade no estilo colonial. Na parte externa da casa havia uma piscina no lado esquerdo, cercada por uma vasta vegetação – que era pouco usada, por conta do frio da serra. O pátio possuía muitas flores: rosas, hortênsias, dálias, além de um flamboyant – outro xodó de Vitória, que dizia ser a árvore de sua vida, pois foi plantada por seu pai para ela, quando iniciaram a construção da casa.

Nos fundos do terreno, ficava a casa do caseiro, sr. Jonas Silva, que morava lá com sua esposa Maria e seu filho Pedro, que era muito amigo de Júlia. Ambos tinham a mesma idade e se conheciam desde criança.

Ao chegarem, Paulo parou o carro em frente da casa, buzinou, e Jonas, que já os esperava, abriu o portão para que pudessem colocar o carro na garagem. Paulo entrou e o cumprimentou:

– Bom dia, Jonas!

– Bom dia, sr. Paulo. A viagem foi boa? – perguntou o funcionário, com o semblante sério de preocupação, como era de seu costume.

– Foi tudo bem, Jonas – respondeu Vitória rapidamente. – Ajude-nos a descarregar as malas, por favor.

Júlia e Vitória ajudaram Paulo a tirar as malas do carro e Jonas levou-as para dentro da casa, colocando-as nos quartos. A casa possuía quatro quartos: o de Júlia, o dos seus pais e dois quartos de hóspedes, nos quais ficavam os amigos quando vinham passar o fim de semana na serra com eles. Também levaram as compras para a cozinha, que era bastante grande e com uma área de serviço anexada, e distribuíram os mantimentos nos seus devidos lugares.

– Cadê o Pedro? – perguntou Júlia enquanto Jonas encaminhava-se para a saída.

– Está no centro da cidade. Foi comprar legumes para a mãe – respondeu ele.

– Quando ele chegar, peça para me procurar, por favor, Jonas. Quero muito falar com ele.

– Sim, dona Júlia.

– Pare de me chamar de dona Júlia, Jonas. Sou só uma adolescente – disse ela irritada. Não gostava que Jonas a tratasse assim, afinal, a conhecia desde pequena.

– Está bem, tentarei – completou o empregado.

Então, Vitória olhou para Júlia e Paulo.

– Que tal uma caminhada agora antes de pensar em fazer qualquer outra coisa? – perguntou animada.

– Mas já? – exclamou Júlia, com o olhar abatido e cansada pela viagem. – Acabamos de chegar!

– Por isso mesmo. Temos que nos exercitar. Mais tarde podemos descansar, depois do almoço. Nada melhor que um bom exercício, após tanto tempo sentados – afirmou sua mãe, sorrindo animadamente.

Vitória gostava muito de exercícios. Estava sempre pronta para uma boa caminhada, não importando o horário ou o lugar. Paulo gostava de acompanhar, afinal eles precisavam de exercícios para manter a forma. Júlia já não se mostrava muito disposta, pois era muito preguiçosa. Adorava ficar sentada lendo, vendo televisão ou até mesmo dormindo. Acabava andando com eles para fazer companhia e também para apreciar a natureza, o que era uma higiene mental. Porém, como não era de ferro e, como toda adolescente que se prezava, a preguiça, às vezes, atrapalhava.

– Já estou quase pronto – Paulo apareceu todo animado, de tênis, bermuda, camiseta e um sorriso de cumplicidade com Vitória.

Júlia não teve como escapar. No fundo, sabia que não passava de uma armação de seus pais para fazê-la se exercitar um pouco. Nos últimos meses, havia ficado muito tempo sentada, estudando, e sua mãe tentava sempre fazer com que a filha mudasse de atitude.

Era quase 9 horas da manhã, o sol estava quente e frio ao mesmo tempo, mas como o caminho passava pelas ruas arborizadas, até a divisa do parque, não teria como bronzear-se exageradamente e estaria muito fresco, quase frio. Júlia olhou para a enorme sala da casa. Havia uma lareira bem no centro, muito útil no inverno, e era dividida em dois ambientes: um próximo à lareira, onde estavam os sofás, as poltronas e uma televisão; outro onde ficava uma mesa de oito lugares, além da cristaleira, que era o xodó de Vitória, pois ali guardava as taças de cristal e toda a louça que pertencera a sua mãe. O ambiente era muito aconchegante e tudo que Júlia queria naquele momento era poder ficar ali dentro, sentada próximo à lareira, lendo um bom livro.

Assim, Júlia e Vitória trocaram de roupa rapidamente. Júlia colocou uma calça de moletom azul, uma camiseta branca e seu tênis de caminhar, que era bem macio. Já era um suplício andar, imagine com um tênis que não fosse confortável. Vitória colocou uma calça de ginástica preta, uma camiseta azul e seu tênis branco. Como de costume, pegou sua câmera para fotografar, pela milésima vez, as flores que encontraria pelo caminho e, naturalmente, Júlia e Paulo.

Saíram de casa. O lugar era realmente lindo e convidativo para caminhadas, com belas casas ao longo da estrada, flores de todos os tipos e cores, árvores frondosas altíssimas, e ainda proporcionava o encontro com outras pessoas ao longo do caminho, também se exercitando. Só então Júlia percebeu como estava com saudades daquele lugar maravilhoso. Já fazia mais de um mês que não vinham para a serra, por completa falta de tempo. Andaram mais ou menos uma hora e meia, parando um pouco para apreciar a paisagem e para que Vitória pudesse fotografar as hortênsias e as flores silvestres, como se fosse a primeira vez que passasse por ali. Também fotografou Paulo e Júlia inúmeras vezes, exceto em frente a uma de suas casas favoritas. Era uma linda construção, toda decorada com heras. Tinha um pátio extenso e era ladeada por um riacho que corria velozmente, trazendo um barulho de água corrente, um verdadeiro calmante para os ouvidos cansados das buzinas dos carros da cidade grande. Havia um cachorro da raça pastor-alemão marrom enorme solto no pátio, que olhava para eles insistentemente e latia sem parar. *Chega a dar medo!,* pensava Júlia. Desta vez, foi Paulo quem fotografou as duas em frente à casa. Assim que a foto terminou, Júlia saiu logo dali, pois já estava nervosa com os latidos do cachorro.

Vitória costumava tirar muitas fotos e depois entupir o computador com elas, não querendo deletar nenhuma, e ainda achava que Júlia ficava linda e maravilhosa em todas. Enquanto isso, Júlia queria deletar todas, pois não se achava bem em nenhuma delas. Em uma se achava feia; na outra magra demais; em outra o perfil estava horrível, seu nariz ficara estranho; em outra ficou com a boca muito aberta ou então muito fechada. *Enfim, para que tantas fotos se ia deletar todas assim que pudesse?,* pensava em silêncio. Mas é claro que faria isso escondido de sua mãe.

– Chega de fotos e de caminhadas. Vamos voltar para casa?! – pediu Júlia, já exausta. Estava louca para tomar um banho e se deitar um pouco antes do almoço.

Após o banho e mais relaxada, Júlia resolveu passar as fotos para o computador da casa, em vez de dormir. Havia perdido o sono. Ao abrir as fotos, começou a passá-las devagar para poder analisá-las melhor. Subitamente, assustou-se.

*O que era aquilo?*

Na foto feita em frente da casa do cachorro marrom, havia mais um cachorro, enorme. Ele era branco e estava bem ao seu lado, fora do muro da casa. Júlia ficou arrepiada com o que viu. Era muito estranho porque, no momento da foto, não havia outro cachorro naquele lugar, muito menos ao seu lado. Ficou nervosa ao ver aquilo, sem entender nada. Ampliou a foto para poder verificar melhor os detalhes. O cão era lindo. Branco e com os pelos levemente acinzentados nas pontas próximas às patas e orelhas. Tinha olhos claros e azulados. Na verdade, não parecia um cão, mas, sim, um lobo.

*De onde teria surgido? Não estava lá!* Ela tinha certeza disso. Examinou as outras fotos, e mais outra surpresa: Havia mais uma foto em que o cão branco também aparecia ao seu lado, como se estivesse cuidando dela. Nessa foto, ela estava sozinha ao lado das hortênsias, agachada, e o cão estava ao seu lado, olhando para ela. Parecia ter o dobro do seu tamanho. Ao ver isso, Júlia ficou arrepiada e sua respiração ficou um pouco ofegante, pois seu coração começou a bater aceleradamente. Ficou muito nervosa, mas decidiu não mostrar as fotos para ninguém, nem mesmo para a sua mãe. Deitou na cama e ficou ali por um longo tempo, pensativa. Então, seus pais lhe chamaram para irem ao centro da cidade almoçar, e depois passear um pouco e fazer compras.

– Júlia! Leve a máquina fotográfica – pediu Vitória, novamente pensando nas fotos. – Quero fotografar as novidades.

– Que novidades, mãe? Não deve haver nada de novo. Faz apenas um mês que estivemos aqui – reclamou irritada.

– Ora, vamos... Pelo menos fotografo você e seu pai – Vitória respondeu animada.

Júlia foi até o seu quarto, pegou a máquina fotográfica, mas teve o cuidado de deletar aquelas fotos específicas, que já estavam no computador. Vestiu uma calça *jeans*, uma blusa branca de mangas compridas e colocou seu tênis preto. Só depois voltou para a sala, dizendo que estava pronta para sair.

†††

Ao chegarem ao centro da cidade, Paulo estacionou o carro e eles passaram primeiro pela feira de artesanato de Teresópolis, que ocorria todos os sábados, domingos e feriados em local aberto, na Praça Higino da Silveira. Era circundada por casas residenciais, por um colégio e pelo shopping onde Júlia e os pais gostavam de almoçar. A feira reunia artistas populares e artesãos da cidade e era formada por barracas de ferro cobertas com toldos coloridos, postas em fileiras, abrangendo toda a praça. Lá, encontrava-se de tudo: cerâmicas, tecidos, tricô, bonecas, bijuterias, pratas, palha, couro, camurça, plantas desidratadas, além de produtos comestíveis, com destaque para o mel de abelha proveniente de apiários da região. A *Feirinha*, como todos a chamavam carinhosamente, era o paraíso de compras em Teresópolis. Sempre que Júlia e os pais estavam em Teresópolis tinham de visitá-la, nem que fosse só para passear.

Resolveram atravessá-la e ir direto para o shopping para almoçar primeiro, pois como ainda era cedo, não estava muito cheio e poderiam desfrutar da refeição com mais tranquilidade. Escolheram uma mesa e serviram-se no *self-service*, como de costume, onde poderiam fazer um prato balanceado.

Durante o almoço Júlia estava distraída, olhando para a frente, com o olhar perdido no horizonte. Subitamente, avistou o que não esperava: O rapaz da *Casa do Queijo*! *Ele está aqui também! E olhando para mim, novamente!*

O rapaz loiro, que havia lhe encarado demoradamente na *Casa do Queijo*, estava do lado oposto ao que eles se encontravam, distante da mesa deles, porém bastante fácil de ser visualizado, escorado em uma pilastra. Novamente, olhava para Júlia e a encarou momentaneamente, deixando-a sem graça, o que fez com que ela desviasse o olhar para seu prato. *Não vou olhar! Ele deve ser muito convencido. Deve achar que as garotas morrem por ele!* Entretanto, não resistiu e tornou a encará-lo, porém ele não estava mais lá. Havia sumido.

De novo.

Júlia olhou para todos os lados, procurando por ele, mas... Nada. Sua ansiedade acabou chamando a atenção de seu pai.

– Algum problema, Júlia? – perguntou ele, observando seu olhar curioso rastreando a praça de alimentação.

– Não! Nada, pai! Pensei ter visto um conhecido – respondeu disfarçando.

– Vamos passar na Feirinha novamente, não vamos? – perguntou Vitória.

– Claro! – respondeu Paulo. – E eu estarei sentado nos bancos da praça, esperando vocês. Vejam, já trouxe até o jornal para ler – ele mostrou o jornal da cidade que tinha acabado de comprar, rindo de sua solução para a espera.

Paulo não tinha muita paciência para ficar andando de um lado para outro pela feira, a não ser quando tinha alguma coisa específica para comprar. Mas, geralmente, delegava esta tarefa para Vitória. Assim que terminaram o almoço, todos se dirigiram para a Feirinha e começaram a andar por entre as barracas, olhando as novidades. Júlia queria comprar umas blusas novas e aproveitou para olhar os produtos expostos. Resolveu andar e pesquisar mais um pouco. Vitória andou bastante com Júlia, mas depois disse que ia ficar com Paulo na praça para sentar um pouco, pois já estava cansada.

Júlia a olhou com espanto. *Cansada? Minha mãe cansada? Não acredito. Ela é sempre a primeira a iniciar a caminhada na Feirinha e a última a se render pelo cansaço.* Contudo, era melhor ver os produtos sem a interferência da mãe, uma vez que tinham gostos tão diferentes.

Júlia ficou sozinha, andando e olhando os artigos até que uma blusa de crochê pendurada na entrada da barraca chamou-lhe a atenção. Encantada com a blusa, examinou-a minuciosamente e, ao pegá-la, levantou-a para o alto contra a claridade, para examiná-la melhor quando, por entre as aberturas fenestradas dos pontos, avistou o mesmo rapaz loiro que já havia lhe chamado a atenção por duas vezes naquele dia.

*Ele novamente! Deve estar me seguindo... O que quer comigo? Se está a fim de falar comigo, por que não se aproxima logo?*

Estava um pouco longe, mas dava para perceber que a observava atentamente. *Caramba... Ele é lindo! Pode se aproximar, baby! Não vou te rejeitar...*, pensava Júlia, encantada por sua aparência. Abaixou a blusa de crochê, desviando o olhar momentaneamente e depois olhou novamente para a mesma direção. Como sempre, ele havia sumido.

*Droga..., Cadê ele!*

Júlia olhou para todos os lados ao redor da barraca. *Sumiu de novo! Como pode?* Mais uma vez ele havia desaparecido diante de seus olhos. Júlia ficou muito curiosa para saber quem ele era e o que queria com ela. *Por que parece estar me seguindo? Será que é tão tímido que não tem coragem de se aproximar? Afinal, já é a terceira vez que o vejo hoje. Poderia, pelo menos, ter falado comigo!* Por fim, desistiu de procurá-lo.

Já muito cansada de andar e pensar, Júlia resolveu comprar a blusa de crochê mesmo, pois foi a que mais gostou. Logo depois, encontrou seus pais e, durante a volta para casa, só uma coisa preenchia seus pensamentos: o rapaz mais lindo que já havia visto e que parecia ter saído do seu sonho para encontrá-la.

# 6

# O SONHO

— Pedro! Tudo bem? – disse Júlia ao abraçar euforicamente o amigo que encontrou na entrada de casa assim que chegou.

— Júlia! Quanto tempo! – respondeu ele e retribuiu o abraço animadamente.

— É verdade – concordou ela. – Não temos podido vir... Culpa minha – apontou para si mesma –, estou estudando muito para o Enem. Mas... Como ando muito cansada, minha mãe achou que seria bom me distrair um pouco.

— Santo cansaço! – comentou Pedro ao elevar as mãos para o céu. – Pelo menos te trouxe até aqui, né? – e com um olhar interrogativo, disparou: – Quem sabe podemos sair com o pessoal hoje à noite?

— Boa ideia! – concordou Júlia. – Algum programa especial? – perguntou curiosa.

— A *Motofest*... Esqueceu?

— Ah, claro... – disse e bateu a mão na cabeça. – Eu havia me esquecido completamente, mas quando cheguei vi o anúncio na entrada da cidade.

— Você nem imagina que banda vem tocar hoje! – Pedro sorriu com um olhar de suspense. – E bem na praça central!

— Banda? Que banda? – perguntou Júlia enquanto sacudia seu ombro. – Vai, fala logo!

Júlia e Pedro tinham uma camaradagem natural entre si. Eram como irmãos. Pelo menos, do ponto de vista de Júlia. Às vezes, achava que Pedro sentia algo mais por ela, mas disfarçava, pois temia perder sua amizade caso ele se declarasse. Para Júlia, ele realmente era como se fosse o irmão, que ela nunca teve.

– El Salvatore!!! – anunciou seu amigo, quebrando o suspense.

– Nãoooo acredito!!! Uma das minhas bandas favoritas! – ela quase ficou sem fôlego. – Não posso perder de maneira nenhuma. A que horas começa?

– A partir das oito da noite – Pedro ria do entusiasmo de Júlia. – A turma vai estar toda lá, tenho certeza de que vai ser muito divertido.

– Então está tudo certo. Estou com muita saudade do pessoal. Vou pedir ao meu pai para nos deixar lá e depois vir nos buscar. Combinado? – estendeu-lhe a mão.

– Combinado – ele apertou a mão de Júlia.

– Até logo mais então, Pedro! Te espero aqui na frente de casa, às sete e meia, OK?!

– Beleza. Estarei aqui na hora. Tchau! – ele se virou na direção de sua casa.

Ao entrar, Júlia resolveu repousar um pouco, afinal já eram 16h30 e seria bom estar descansada para a noite, pois queria aproveitar ao máximo. *Não vejo a hora de me divertir um pouco. Ultimamente minha vida é só estudar, estudar e estudar para o Enem...* Também estava com saudade dos amigos e esta seria uma boa oportunidade para revê-los, todos juntos, e ainda curtir um show da sua banda favorita. Então, deitou-se e sentiu o corpo relaxar paulatinamente.

Foi quando percebeu que estava andando em uma rua escura, em um lugar ermo... E estava sozinha... Com muito medo. Olhava para os lados e só conseguia ouvir sua própria respiração, um pouco acelerada. Então, um grito muito alto, que parecia ser de um pássaro, chamou sua atenção. Olhou para cima e viu uma grande águia voando, que subitamente mudou o rumo e voltou-se para sua direção. Júlia tremeu, assustada, porém a águia, com um voo rasante, chegou perto dela, parou e olhou em seus olhos.

– Cuidado com o lagarto! – como por encanto, lhe disse. – Ele quer levá-la. Mas, não tenha medo, porque o lobo virá ajudá-la – por telepatia, Júlia conseguiu entender a águia perfeitamente e também lhe respondeu que fugiria depressa. Assim, a águia levantou voo em uma velocidade incrível e desapareceu.

Júlia começou a andar rapidamente, tentando encontrar um esconderijo, temendo o aviso da águia, quando avistou na esquina da rua o lagarto sobre o qual lhe falara. Parecia um homem, mas o rosto era de lagarto e sua cor era esverdeada. Tinha olhos avermelhados e brilhantes, e devia ter uns dois metros de altura. Usava uma roupa estranha, tipo um macacão frouxo e prateado, que lembrava uma roupa espacial. Vinha em sua direção, sem precisar correr, pois cada passo seu equivalia a dois dos dela. Júlia queria correr, esconder-se, mas não conseguia. Estava paralisada. Ele aproximou-se rapidamente.

– Júlia! Finalmente você apareceu – disse o lagarto com uma voz grave e rouca. – Venha! Já estou cansado de esperar por você. Já passou da hora. Venha! Vamos! – ele gesticulava com sinais para que ela se apressasse.

Júlia tentou desviar da sua direção e fugir, mas era muito tarde. Ele agarrou seu braço com força e a puxou para perto dele.

– Agora você não fugirá mais. Zorb não poderá te ajudar! – disse gargalhando assustadoramente.

*Zorb? Quem é Zorb? E como ele poderá me ajudar?*, pensava ela assustada, sem saber o que fazer.

Então, vindo não se sabe de onde, o lobo sobre o qual a águia falou, apareceu repentinamente. Era enorme. O dobro de Júlia e branco, muito branco. Aproximou-se e olhou diretamente para o lagarto.

– Solte-a – ordenou com autoridade. – Sabe que não poderá levá-la. Ela está sob os meus cuidados.

O lagarto pareceu assustado, assim como Júlia diante daqueles seres. O lagarto voltou-se bruscamente, segurando Júlia com força.

– Zorb! – exclamou surpreso. – Como me encontrou?

– Não importa. Solte-a – falou arrogantemente.

O lagarto olhou diretamente para Júlia, soltando lentamente seu braço.

– Não pense que ficará livre de mim – ameaçou. – Virei buscá-la o quanto antes. Isso é uma promessa.

# O SONHO

Rapidamente, Júlia correu para perto de Zorb, o lobo, sem saber se isso seria o certo, enquanto o lagarto desaparecia diante de seus olhos, como se nunca estivesse estado ali. Zorb olhou para ela e, como a águia, por telepatia, comunicou-se:

– Você está bem? – perguntou ternamente.

– Sim, estou. – ela respondeu por telepatia, sem saber se realmente estava bem.

– Vamos embora! – disse o estranho lobo.

– Mas, para onde? – perguntou-lhe Júlia.

– Você logo verá. – ele respondeu.

Então, o lobo segurou-a com as duas patas e um vento muito intenso apareceu. Júlia começou a ficar tonta e percebeu que ambos foram envolvidos por um redemoinho. De repente, não estavam mais na rua escura, mas em um lugar muito diferente. Estavam em uma casa linda, em um lugar muito acolhedor. Uma sala ampla, com móveis de madeira e objetos estranhos, que pareciam futurísticos.

– Como viemos parar aqui? E como posso entender tudo o que você diz sem falar com você, mas apenas lendo sua mente? – perguntou ansiosa.

Antes que ele pudesse responder, Júlia começou a ouvir um barulho muito alto, misturado com um zumbido, que lembrava pessoas conversando e gritando. Então, acordou com o barulho da televisão que seu pai havia ligado para assistir ao jogo de futebol. Como estava no volume máximo, o barulho foi muito alto e fez com que ela despertasse do sono em um sobressalto, assustada com o sonho, pois lhe pareceu muito real. Foi como se tudo de fato tivesse acontecido. Lembrava-se muito bem do lagarto querendo levá-la. Lembrava-se da águia, da conversa por telepatia e lembrava muito fortemente de Zorb, o lobo. Parecia-lhe familiar. Então, como se um *click* se fizesse presente em sua cabeça, lembrou-se das fotos que haviam tirado na caminhada pela manhã. *Seria o mesmo cachorro que parecia um lobo?*

Levantou-se e correu para o computador para rever as fotos. E... Lá estava ele. Era Zorb, o lobo branco, igualzinho ao lobo do seu sonho. Lindo. Branco com os pelos levemente acinzentados nas pontas próximo às patas e orelhas. Tinha olhos claros azulados. *Engraçado. Ele parece sorrir!* Tinha um ar de protetor, cuidador, ou o que quer que fosse. Só sentia que parecia que zelava por ela. Era Zorb, o lobo... O *meu lobo*.

Será que as fotos tinham influenciado no sonho? Só podia ser isso. O lobo tinha ficado guardado no seu subconsciente e revelou-se no sonho. Estava explicado. Entretanto, um arrepio percorreu sua espinha dorsal. Uma mistura de medo, alívio e uma imensa sensação de proteção. Ela sentia que estava sendo protegida. Mas, protegida do que, ou de quem? Dos lagartos? Mas, quem seriam eles e o que queriam com ela? Não podia nem imaginar. Só sabia que se aquilo tivesse um significado, iria descobrir. Precisava descobrir. Parecia um aviso, uma premonição. Apertou sua cruz das missões para que pudesse confirmar a sensação de segurança que ela lhe transmitia.

# 7

# O PREPARO

Estava pronto para a primeira tentativa.
Sabia que não seria fácil, pois nem imaginava o que esperar. Poderia haver reação.
Talvez apenas passividade.
Talvez! Não sabia...
Como um soldado preparando-se para a guerra, começou e se arrumar em seu pequeno apartamento em Teresópolis. Teria que ser perfeito. Não poderia esquecer nenhum detalhe.
Iniciou o preparo com um bom banho. Tirou a roupa suada e suja que usava, entrou no chuveiro e esfregou-se cuidadosamente com uma esponja e sabonete de aroma amadeirado. Seu odor teria que ser bom. *Mulheres gostam de homens cheirosos,* pensou, com um sorriso malicioso. Não poderia errar. Seria bom que ela gostasse de seu cheiro.
Abriu a porta do box, pegou a toalha de banho branca e secou-se com cuidado, respeitando a robustez de sua pele – que tinha muita sensibilidade e precisava ficar bem seca. Depois, caminhou até a cama, onde sua roupa já se encontrava disposta, arrumada minuciosamente, como ele sempre gostou. Vestiu a cueca preta e olhou-se no vasto espelho de seu quarto, que ficava na parede oposta à sua cama. O espelho refletia seu corpo por inteiro. Um belo corpo! Musculoso e bem definido, se fosse um homem comum, entregaria as horas gastas em uma academia nas aulas de musculação e boxe. Sua pele morena, da cor da brasilidade, reluzia no espelho, refletindo toda sua beleza orgulhosa. Virou-se de costas e observou a sua espinha dorsal, tão bem definida.

Os ossos marcando a pele pareciam querer sair por entre o tom esverdeado que a definia.

Uma das diferenças que o revelava.

Em seguida, observou sua tatuagem em seu braço direito. Um lagarto esverdeado enrolado em seu antebraço, com a cabeça voltada para o pulso e a ponta da cauda para o ombro. Olhou para ele, fixa e demoradamente. Um arrepio percorreu-lhe a espinha. Fazia-o lembrar-se de quem era e o que viera fazer neste mundo.

Não poderia esquecer, jamais!

– É, garoto! Sem dúvida representa um belo espécime de sua raça! Não passaria despercebido por nenhuma garota saudável deste planeta – disse para si mesmo, em voz alta e orgulhosa, confirmando o que o espelho mostrava.

Voltou-se para a cama, pegou a calça preta de couro e depois vestiu-a, modelando seu corpo. Olhou-se mais uma vez no espelho, admirando-se. Pegou a camiseta preta e, ao vesti-la, pôde verificar que seus músculos sobressaíam, redesenhando a modelagem. *Uma pena ter que escondê-los com a jaqueta de couro,* pensou. Mas, isso seria necessário para compor o conjunto gótico previamente estudado por ele. Sendo assim, pegou a jaqueta de couro preto e vestiu-a, ajeitando as correntes penduradas e encobrindo a tatuagem, deixando apenas a cabeça do lagarto para fora.

Aproximou-se mais do espelho e olhou para o próprio rosto. Sua mandíbula quadrada realçava sua masculinidade e lhe dava uma empatia com o ideal de beleza. Sua boca carnuda e vermelha destacava-se no conjunto. O *piercing* da sobrancelha direita brilhou. E o que dizer de seus olhos profundamente verdes? Um belo cartão de visita. Atraíam até a mulher mais resistente. Passou a mão nos cabelos levemente encaracolados e curtos. Não precisava penteá-los. Para quê? Assim ficavam mais atraentes, dando um leve ar desalinhado. Um toque de charme. Passou as mãos pelos cabelos apenas, ajeitando-os. Sorriu animadamente.

Lambeu os lábios na tentativa de umedecê-los e torná-los mais atraentes. Sua língua bífida destacou-se no reflexo do espelho. Apenas mais uma diferença, que passaria despercebida. Finalmente, virou-se para o guarda-roupa e o abriu. Na última gaveta do lado esquerdo, estava o que precisava. Abriu-a e lá estava seu conjunto de adagas pretas e afiadas. Examinou-as demoradamente, escolhendo qual levar. Optou pela sua favorita. Aquela que tinha a sua tatuagem, o lagarto verde enrolado no cabo com a cabeça voltada para a lâmina. Pegou-a e escondeu-a no bolso da calça de couro, na altura da coxa direita. Fechou o guarda-roupa e mais uma vez olhou-se no espelho.

Estava pronto para o show.

# 8

# O SHOW

Ao olhar para o relógio, Júlia percebeu que já eram 18h30 e que deveria começar a se arrumar para o show. Dava tempo de sobra, pois teria que estar pronta às 19h30. Durante o banho, não conseguiu deixar de sentir as emoções recentemente vividas no sonho e só conseguia pensar na roupa que usaria, enquanto se secava.

*Roupa! Com que roupa eu vou?*, vivenciava o eterno dilema feminino. *Isso sempre acontece com as mulheres. Como é difícil decidir que roupa usar! Afinal, tenho que estar bonita. Não posso sair de casa de qualquer maneira*, refletia, preocupada com o visual.

*Que tal este vestido? Não. Está muito curto. Já está esfriando um pouco e pode piorar à noite*, não conseguia se decidir. Lembrou-se de que nem Fernando, seu namorado virtual, lá estaria para vê-la. *Mesmo assim, não posso me descuidar. A vida nos reserva surpresas. Devemos estar sempre preparadas*, meditava indecisa.

Finalmente optou por uma calça *jeans* azul, uma blusa azul-clara de mangas compridas e seus sapatos pretos novos. Usaria seu colar de corrente prata, que combinava com seus brincos florais, também prateados. Olhou-se no espelho e deu uma volta. *Hum! Acho que ficou bem!* Decidiu ainda usar a blusa de crochê da Feirinha por cima, como colete, pois ela era aberta e colorida e combinava com todo o conjunto e, além disso, era de lã, o que a deixaria mais aquecida. *Agora só falta o cabelo...* meditou preocupada.

*Ah! O cabelo. Nunca acho que esteja bom, mas vou deixar solto mesmo. Não estou indo para nenhum baile, e sim para um show no qual pretendo apenas me divertir, dançando muito!*, concluiu. Enfim, ao olhar-se novamente no espelho, julgou-se razoavelmente bem.

– Está muito bonita, filha – comentou Vitória ao aparecer no quarto de Júlia, sorridente como sempre, quando percebeu que a filha estava se arrumando para sair. Sempre gostou de dar palpites, embora seu gosto nunca combinasse com o de Júlia.

– Ora, mãe, você é suspeita. Onde já se viu uma mãe achar que a filha está feia? – e colocou as mãos na cintura, interrogativamente.

– Mas você está sempre linda. É verdade! – disse sorrindo.

– Tá bom, eu acredito, mãe. – Júlia olhou-se mais uma vez no espelho.

– Já falou com seu pai para levá-la? – perguntou Vitória preocupada.

– Ainda não. Sabe como é... Tem que ser na hora de sair para que ele não diga não – e olhou para o relógio. – Já são sete e quinze. Agora sim, vou pedir ao meu pai para me levar.

Logo que Júlia chegou à sala, onde seu pai se encontrava assistindo ao jogo pela televisão, Paulo olhou para ela, surpreso ao vê-la arrumada.

– Aonde a senhorita pensa que vai? – ele se levantou do sofá.

– Pai! Hoje tem show do El Salvatore no centro da cidade – ela se aproximou dele e segurou seu braço carinhosamente. – O Pedro me chamou para ir com ele. A turma toda vai estar lá também. Será que dá para você nos levar?

– Então, o Pedro vai também?

– Sim, claro. Vai começar agora às 20 horas e acredito que não deve acabar tarde. Conto com você para nos buscar? – e lançou-lhe um olhar inocente.

– Claro que sim, filha – Paulo respondeu, sorrindo ao perceber que havia caído em uma armadilha – Mas... Que não seja tarde, Ok?

– Certo, pai! – beijou-o carinhosamente. – Sabia que você me levaria.

Depois, Júlia beijou sua mãe, que lhe desejou uma noite divertida. Ao sair para o jardim, Pedro já estava esperando, aflito.

– Pedro, tudo bem?

– Sim, claro. Como vai, sr. Paulo?

– Tudo bem. A pedido de Júlia, vou levá-los e buscá-los. Mas, não me chamem muito tarde, certo? – comunicou asperamente.

– Claro, sr. Paulo. O show não vai até muito tarde. Acredito que, no máximo, até as 23 horas, pois até lá estará mais frio e ninguém irá querer ficar na rua mesmo – disse Pedro com um sorriso ensaiado.

Entraram no carro e dirigiram-se para o centro da cidade, onde uma multidão já se aglomerava na praça central, lugar onde aconteceria o show. Paulo deixou-os na praça e foi embora. Pedro estava tão animado que acabou contagiando Júlia com sua alegria. Logo encontraram os amigos em comum. Alguns moravam em Teresópolis, outros, como Júlia, tinham casa na cidade e vinham passar os fins de semana nela.

Leon e sua irmã Larissa eram vizinhos de Júlia na serra e moravam no Rio. Júlia ficou muito feliz em revê-los, pois gostava muito deles. Eram bons amigos que conhecia há muitos anos, assim como Pedro. Agatha tinha casa próximo à sua na serra, mas também morava no Rio. Era o tipo de pessoa na qual se podia confiar seus mais íntimos segredos, pois não saíam de sua boca. Gina era alguém que Júlia considerava apenas uma conhecida, por ser mais recente – havia conhecido-a no ano anterior, nas férias. Morava no centro de Teresópolis. Não sabia por quê, mas não confiava muito nela, apesar de nunca lhe ter feito nada. Mas, existia algo que sentia – um certo *feeling*. Não lhe inspirava confiança. Gina era apaixonada pelo Leon, mas ele gostava dela apenas como amiga, apesar de já terem ficado.

João – ou Johnny, como gostava de ser chamado –, também morava no centro de Teresópolis. Júlia o conhecia há mais ou menos uns três anos. Muito amigo da Larissa, foi por intermédio dela que o conhecera. Era um jovem muito inteligente e alegre.

Uma vez que encontraram o grupo reunido, após falarem e cumprimentarem a todos, ficaram juntos para assistir ao show da banda, que já começava a fazer barulho ao afinar os instrumentos.

E então, eis que o show começou, com a banda El Salvatore se apresentando e já animando a plateia ansiosa. Já não se ouvia mais nada, a não ser a música que tomava conta de toda a praça e os gritos de uma plateia animada e alegre pelo acontecimento que se dava diante deles. Podia se ver de tudo: gente bonita e bem vestida, gente esquisita com roupas também esquisitas, alguns tatuados e cheios de *piercings*, outros com roupas coloridas e berrantes, gente fumando, gente bebendo e, é claro, a polícia dando cobertura para tentar conter os excessos, que porventura poderiam ocorrer.

Para Júlia, tudo parecia perfeito. Fazia tempo que não se divertia tanto ouvindo música junto de seus amigos. *O que mais eu poderia querer? Pena que Mariana não está aqui?*, pensou, lembrando-se da amiga. Na verdade, não imaginava a metade do que iria acontecer naquele show... A noite estava apenas começando.

Não foi preciso mais nada para dançarem e cantarem com a banda animadamente. Pedro era o mais entusiasmado, pois parecia completamente solto ao som da música que tocava, seguindo o ritmo com o balanço do corpo, embevecido pela magia do ambiente, cheio de luzes multicoloridas.

Gina não tirava os olhos de Leon, tentando seguir o ritmo que ele, meio desajeitado, tentava dar àquilo que ouvia. Enquanto isso, Agatha aproximava-se de Pedro, contagiada pela sua animação e alegria, mas ele, que no início correspondeu a sua investida, logo olhou para Júlia, como que pedindo socorro, para que ela ficasse ao seu lado. Mas Júlia fingiu estar concentrada em sua própria dança e olhou para Larissa e Johnny. Eles dançavam animadamente, como se mais ninguém estivesse ali, só eles, dando um show à parte, uma vez que os dois dançavam muito bem. Pareciam profissionais.

Após tanta euforia e depois de haver bebido alguns refrigerantes, apenas provado um coquetel de frutas e beliscado uns salgadinhos, Júlia começou a sentir vontade de ir ao banheiro. Olhou para as meninas para ver se alguém poderia ir com ela, mas pareciam tão envolvidas pela música, pela dança e pelos rapazes que decidiu ir sozinha. Apenas avisou para onde ia, para que ninguém ficasse preocupado com ela. *Mas, onde será que estão os banheiros? Preciso descobrir...*

Júlia saiu apressada, sem perceber que na multidão alguém sorriu, satisfeito com seu afastamento. Já estava esperando por ela.

# 9

# TENTATIVA

  Haviam instalado banheiros químicos do outro lado da praça. Não era muito longe, mas em virtude da multidão aglomerada para assistir ao show, era complicado o acesso até o local. Com dificuldade, passando entre as pessoas, Júlia chegou ao local e, como já imaginava, a fila para o banheiro feminino não era nem um pouco pequena. *Por que as filas dos banheiros femininos são sempre tão grandes? Deviam instalar um número maior de banheiros para as mulheres!*, pensou irritada, já prevendo o tempo que perderia na fila. Mas, não tinha o que fazer. Acalmou-se e esperou pacientemente sua vez.
  Próximo à fila, do lado direito e escorado em um muro branco, ela observou que havia um belo rapaz, todo vestido de preto, que a encarava insistentemente. *Que rapaz bonito... Mas, tem um olhar estranho!*, observou. Como ele não desviava os olhos dela, Júlia ficou um pouco apreensiva e desconfortável, principalmente quando ele sorriu, mas, felizmente, logo chegou sua vez e ela entrou no banheiro apressadamente. Sentiu-se aliviada, pois estava preocupada por estar ali sozinha. Enquanto aprontava-se antes de sair do banheiro pensou no que faria se o rapaz ainda estivesse lá fora. E se ele quisesse segui-la, ou falar com ela? Ele era bonito e interessante, mas de um modo estranho, e Júlia não desejava arranjar encrencas. Além disso, estava sozinha e isso a tornava vulnerável. Abriu a porta e saiu. Olhou para todos os lados, como se estivesse fazendo uma varredura do lugar, mas... Não o viu. Parecia que tinha ido embora. Respirou fundo e começou a andar apressadamente no meio da multidão, na direção do lugar onde seus amigos estavam, quando sentiu alguém segurar seu braço fortemente. Júlia gelou.

*Era ele!*

Virou-se rapidamente e deu de cara com o rapaz de preto, que a encarava, sorrindo sarcasticamente.

– Júlia! Finalmente te encontrei – disse asperamente. – Você precisa vir comigo imediatamente.

– Eu? Por quê? Quem é você? – Júlia puxou o braço, tentando desvencilhar-se dele. – E como sabe meu nome?

– Calma, garota! Tudo na hora certa! – ele a puxou rudemente para perto de si.

Em seguida, sem cerimônia, arrastou-a por entre a multidão, apertando seu braço com força, quase machucando-a. Júlia não conseguia se soltar e foi obrigada a segui-lo. Por conta do barulho ensurdecedor do show, seus gritos de protesto foram ignorados. Já mais longe, em uma rua escura, apenas com uma iluminação fraca e bruxuleante, o desespero de Júlia começou a ficar mais evidente, em razão de seus gritos.

– Fique calada! – disse o rapaz rudemente. – Não percebeu ainda que não adianta gritar?

De repente, logo atrás deles, ambos ouviram o barulho de alguém aproximando-se.

– Solte a moça! Vamos! Solte-a! – era uma voz alta e forte.

O rapaz de preto virou-se rapidamente, envolveu Júlia com seus braços – que pareciam de aço – e segurou-a com firmeza.

– Você! – disse surpreso. – O que faz aqui?

Júlia olhou, atônita, o conhecido rapaz loiro que parecia estar sempre seguindo-a. *É ele! Veio me ajudar*. Júlia respirou profundamente, tentando se acalmar, mas sentiu uma vontade imensa de chorar. Uma mistura de felicidade, medo, alegria e surpresa.

– Disse para soltá-la! Agora! – ele gritou, olhando ameaçadoramente para o rapaz de preto e começando a aproximar-se.

– Você não vai querer que algo aconteça a ela, vai? – falou o raptor com tom arrogante e apertou Júlia mais forte. Subitamente, em um movimento rápido, puxou uma adaga preta do bolso direito de sua calça e direcionou-a para o pescoço dela, que gritou, assustada, trêmula e ofegante.

– Sei que você não pode fazer nada contra ela – ameaçou o rapaz loiro. – Portanto, solte-a agora ou você poderá se arrepender amargamente.

O rapaz de preto não parecia disposto a ceder e continuava segurando Júlia com muita força. Então, ouviu-se o grito de uma águia, que distraiu o rapaz de preto, fazendo-o soltar Júlia momentaneamente. Em um piscar de olhos, o rapaz loiro saltou, parecendo voar, num movimento rápido, e parou atrás do rapaz de preto, segurando-o pelo pescoço. A rapidez do movimento fez com que ele se desestabilizasse e soltasse Júlia completamente, que caiu no chão, juntamente com a adaga que foi parar aos seus pés. O rapaz loiro apertou-o pelo pescoço, mostrando superioridade na força. Apertou ainda mais forte, fazendo com que o rapaz de preto começasse a ofegar.

– Não quero você por perto, ouviu? Vá embora agora e deixe-a em paz – depois soltou-o bruscamente, jogando-o para o lado e empurrando-o para longe. Ainda preparado para qualquer investida do rapaz de preto, aproximou-se de Júlia e levantou-a cuidadosamente do chão.

O rapaz de preto se recompôs, ajeitando sua jaqueta e suas correntes, levantando-se calmamente.

– Tome! Leve sua arma! – o rapaz loiro chutou a adaga em sua direção.

O rapaz de preto abaixou-se, pegou sua arma e guardou-a na calça. Só então, olhou para Júlia com um sorriso sarcástico, porém sem conseguir esconder o verde brilhante de seus olhos.

– Muito bem, garota... Você não perde por esperar. Até a próxima – e acenou para ela. – Virei buscá-la, Júlia. Pode ter certeza disso.

Em seguida, o rapaz de preto correu velozmente para o escuro da rua, parecendo desaparecer diante de seus olhos. Júlia, que se encontrava envolta pelos braços do rapaz loiro, respirou aliviada.

– Você está bem? – perguntou ele apreensivo.

– Acho que agora sim – respondeu ela, meio tonta e desequilibrada, depois alisou o braço que tinha sido apertado pelo rapaz de preto. Ainda doía. Júlia olhou para seu salvador, ainda muito assustada. – Quem era ele? Você o conhece? – perguntou, desejando respostas imediatas. – Ele parecia te conhecer e te obedeceu imediatamente. Por quê? – só então Júlia se deu conta de que o rapaz loiro também era um estranho. – E quem é você, afinal, que parece estar sempre por perto?

— Calma, Júlia! — ele a segurou pelos braços. — Ele é apenas mais um dos delinquentes conhecidos desta área de Teresópolis. Eu convivo com este lugar há muito tempo, e por isso o conheço.

— Você também! Como sabe o meu nome? — questionou ela, encarando-o e soltando-se dos seus braços. — E por acaso estava me seguindo? Afinal, não é a primeira vez que eu te vejo hoje — comentou, sem deixar de se encantar com seus belos olhos azuis.

— Bem, ouvi ele pronunciar seu nome e... Não, Júlia... Eu não estava te seguindo. É, é... Pura coincidência — ele gaguejou. — Simplesmente temos estado nos mesmos lugares no dia de hoje. É... Natural que nos encontremos, não é? Eu vim passar o fim de semana aqui também e, como você é uma garota muito bonita, eu olhei para você várias vezes hoje quando... Por acaso, nos encontramos.

Júlia ficou vermelha de vergonha. *Ele disse que sou uma garota muito bonita!*, sorriu no seu interior.

— Também vim assistir ao show como você e... por acaso, vi a hora que ele te segurou e arrastou. Aí, sim, resolvi segui-la. Não poderia deixar algo ruim te acontecer — olhou fixamente para ela.

— Obrigada! — disse Júlia, ainda trêmula. — Muito obrigada pela ajuda. Não sei o que teria feito sem você... Se conseguiria fugir sozinha. Ele era muito forte — disse com os olhos marejados. Agora que tudo havia passado, sentia o corpo tremer pelo medo tardio. Mas não podia esquecer as ameaças dele. Disse que voltaria para buscá-la. Um arrepio percorreu sua espinha dorsal, fazendo-a se sentir inquieta. O rapaz loiro segurou seus ombros e os apertou levemente, tentando acalmá-la.

— Não chore. Seja forte! E depois... Nada aconteceu. Vamos voltar para o show e você logo esquecerá tudo.

— Certo! — Júlia permitiu que ele secasse com o dedo indicador uma lágrima que insistiu em cair. — Mas, antes, eu preciso saber seu nome? — perguntou cheia de curiosidade.

— Meu nome é Marcos Broz — ele estendeu a mão para ela. — Muito prazer em finalmente conhecê-la.

— O prazer é todo meu. Sou Júlia Mattos — completou ela, apertando sua mão, finalmente conseguindo sorrir. — Obrigada de novo pela ajuda. Mas... Só mais uma coisa: Onde aprendeu a lutar daquele jeito?

– Ah... Luto desde criança – comentou ele sorrindo. – Meu pai sempre gostou de artes marciais e eu o acompanhava nos treinamentos. Acabei gostando e aprendendo também.

– Ainda bem que você luta tão bem – elogiou ela sorrindo. Depois, resolveu convidá-lo para ficar com seu grupo de amigos. – Você está sozinho aqui no show?

– Sim. Meus amigos não viajaram esta semana, por isso fiquei sozinho.

– Estou com um grupo de amigos. Se você quiser ficar com a gente, será bem-vindo – ela torceu para que ele aceitasse.

– Aceito sim. Será bom ter companhia – disse sem tirar os olhos dela.

Júlia olhou para Marcos, sentindo-se um pouco intimidada. Ele era extremamente bonito. Muito alto, devia ter 1,90 metro, idade aparente de 20 e poucos anos, loiro, cabelos lisos e compridos, olhos azuis intensos, brilhantes e penetrantes, nariz afinado e pontiagudo, boca fina e máscula, e um corpo muito forte. Resumindo, ele era muito atraente. Uma verdadeira visão. De repente, Júlia lembrou-se do seu sonho. Seria ele aquele que ela havia vislumbrado? Aquele que seria o seu futuro?

Subitamente, ambos ouviram barulho de passos. Um guarda aproximava-se com uma lanterna acesa, que apontou prontamente na direção deles.

– O que estão fazendo aqui? – perguntou autoritariamente. – Aqui não é lugar para namorar, pois é muito escuro e perigoso. Por favor, voltem para a praça – e jogou a luz da lanterna no rosto deles.

Marcos olhou para Júlia e, tacitamente, os dois acharam melhor não dizer nada sobre o rapaz de preto. Afinal, ele já havia desaparecido.

– Sim, seu guarda – Marcos respondeu educadamente. – Desculpe-nos. Já estamos voltando para o show.

Em seguida, ele segurou a mão de Júlia firmemente, conduzindo-a em direção à praça onde já podiam ver a multidão. Entraram no meio das pessoas e ela o levou na direção do lugar onde estava com seus amigos. Mas, antes de chegarem, Júlia pediu a Marcos para não comentar nada sobre o que havia acontecido, para não assustar seus amigos. Na verdade, ela é que havia errado em ter ido ao banheiro sozinha, sem suas amigas. No momento, só pensava no que suas amigas achariam de Marcos.

# 10

# AMIGO NOVO

– Marcos! Lá estão meus amigos – Júlia apontou para o grupo.
– Será que serei bem-vindo? – perguntou apreensivo.
– Claro que sim – disse Júlia e sorriu para aqueles olhos tão azuis. – Não se preocupe. Meus amigos novos são bem aceitos no grupo.
– Que bom! Assim posso te conhecer melhor – respondeu e apertou a mão dela.

Andaram na direção do grupo e, ao chegarem, Júlia foi logo apresentando Marcos para a galera, que a olhava espantada, principalmente as meninas, imaginando de onde ela havia tirado aquele *deus nórdico*.

– Pessoal – disse Júlia meio sem graça. – Este é Marcos, meu... mais novo amigo.

Pedro foi o primeiro a cumprimentá-lo, aproximando-se de Marcos e apertando a sua mão com força, porém com um olhar desconfiado. Em seguida, todos o cumprimentaram também, deixando-o bem à vontade. Já que era amigo de Júlia, era amigo de todos. Marcos ficou no grupo aquela noite, mais conversando do que dançando, uma vez que considerava-se um pouco desajeitado. Conversaram muita bobagem e futilidades, apesar do barulho, que não deixava ouvir muita coisa. Também curtiram a banda, o friozinho – que já tinha diminuído pelo aquecimento da dança –, e assim nascia, naquele momento, uma nova amizade dentro do grupo, com um novo componente.

Júlia ficou sabendo um pouco mais sobre ele. Marcos morava no Rio de Janeiro também, na Barra da Tijuca, e era biólogo. Vivia com seus pais, Sigmund – que todos chamavam de Zig e era engenheiro –, e Zara, sua mãe, que era psicóloga. Gostava muito de se divertir praticando esportes – um pouco radicais para o gosto de Júlia, como montanhismo e asa delta. Mas, pelo menos, havia algo em comum entre os dois, pois ambos gostavam de cinema, teatro e livros.

Quando o show terminou, por volta de meia-noite e meia, Júlia telefonou para seu pai ir buscá-los. Ofereceu carona para o Marcos, que não aceitou, porém agradeceu educadamente, pois sua casa ficava ali perto, no centro de Teresópolis.

Enquanto esperavam por seu pai, Júlia sugeriu para a turma marcarem alguma coisa para o dia seguinte pela manhã, último dia da *Motofest*. Como já era domingo ela voltaria para o Rio à tarde, pois teria aula na segunda-feira e, além disso, seus pais trabalhariam. Na verdade, não queria perder a chance de ver Marcos novamente antes de partir. Todos concordaram, inclusive ele, para sua felicidade. Marcaram o encontro na praça às 9 horas da manhã para assistirem à exposição de motos, baterem papo e, talvez, ainda almoçarem todos juntos.

Leon e Larissa, que tinham 19 e 18 anos respectivamente, foram embora no Fox preto de Leon, levando Agatha com eles para casa. Johnny e Gina, que moravam no centro da cidade, também já estavam em casa.

Quando Paulo chegou, viu a galera partindo e despediu-se deles, acenando com as mãos. Pedro entrou no carro após despedir-se de Marcos. Júlia apresentou Marcos ao seu pai, que o cumprimentou com um olhar meio desconfiado e ciumento de sua única filha. Então, Júlia olhou para Marcos, sem querer dizer adeus. Na verdade, queria continuar ali e ficar com ele, que olhou para ela, também parecendo não querer despedir-se.

– Até amanhã, Júlia. Foi um prazer conhecê-la – ele apertou sua mão carinhosamente. – Estarei aqui, esperando você.

– Até amanhã, Marcos e... É lógico que também tive muito prazer em te conhecer. Especialmente naquelas circunstâncias... – sussurrou, apertando suavemente a mão dele e piscando. – Tchau!

– Tchau, Júlia – ele piscou de volta.

Júlia virou-se e entrou no carro de seu pai. Acenou para Marcos mais uma vez. Assim, seguiram na direção de casa. Ela ainda olhou para trás para ver se via Marcos mais uma vez, mas ele já não estava mais lá.

Olhou em volta e nem sinal dele. Mais uma vez, parecia que o rapaz loiro havia desaparecido.

*Não seja boba, Júlia. Deixe de imaginar coisas.*

– Algum problema? – perguntou-lhe Pedro curioso.

– Não. Tudo bem, Pedro – respondeu secamente, arrumando o cabelo.

– E o show? Foi bom? – perguntou Paulo.

– Ah, sim. Foi maravilhoso. Afinal, tinha minha banda favorita – respondeu ela naturalmente.

– Também gostei muito. Foi um show único, né? – disse Pedro.

– Foi inesquecível! – disse ela sorrindo, pensando em Marcos.

Seu pai interrompeu seus pensamentos.

– Quem exatamente é esse Marcos, hein, Júlia?

Ela corou.

– Ah! É... um rapaz que nós conhecemos no show. Parece ser muito educado – comentou, tentando driblar o olhar desconfiado de seu pai.

– É. Parece ser muito educado – concordou Paulo, com um olhar enviesado.

Júlia sorriu e desviou o olhar, fazendo silêncio pelo restante da viagem de volta. Como sua casa não era tão longe do centro, logo chegaram. Vitória, como sempre, estava acordada esperando.

– E aí, Júlia! Como foi o show? – perguntou animadamente.

– Deve ter sido maravilhoso, especialmente pela amizade nova que ela fez – Paulo respondeu, sorrindo desconfiadamente.

– Foi ótimo – Júlia disse rindo, depois foi para seu quarto e Vitória a seguiu, querendo saber sobre essa nova amizade.

– Conheceu alguém interessante, minha filha?

Júlia deu um suspiro revelador.

– Ah... Sim, mãe. Conheci um rapaz lindo. Seu nome é Marcos e vou vê-lo amanhã.

Em seguida, fez um verdadeiro relatório para sua mãe, que queria saber de todos os detalhes. Só evitou contar-lhe tudo, pois achou melhor não lhe dizer nada sobre o rapaz de preto, e como ela realmente conheceu Marcos. Conversaram bastante até Júlia dizer-lhe que precisava dormir, senão não conseguiria acordar cedo no dia seguinte.

Uma certeza, Júlia tinha: seria muito difícil dormir. Não conseguia tirar Marcos da cabeça, afinal ele a havia salvado de uma provável violência e isso não tinha preço. Se não fosse por ele, talvez não estivesse em casa naquele exato momento. Gelou só de pensar na possibilidade do que poderia ter acontecido. Afastou os pensamentos ruins da cabeça. Só queria lembrar das coisas boas da noite. Além disso, começou a pensar em como Marcos era bonito, atencioso, educado, inteligente, charmoso, gentil... *Ai, meu Deus! Ele existe? Será que tem algum defeito?*, meditava sem conseguir dormir. Com certeza, só o tempo diria. No momento, só queria sonhar. Sonhar com seu belo nórdico. O homem dos seus sonhos. De repente, lembrou-se novamente daquele sonho que teve em casa, ainda antes da viagem, e do rapaz loiro do sonho. Era muito parecido com Marcos. Coincidência? Ou seria uma premonição?

Não importava. Não queria pensar. Com tudo isso acontecendo nem se lembrava do Fernando, seu namorado virtual. A presença, o contato físico é muito mais interessante. Se Marcos fosse tudo que estava pensando – ou desejando –, certamente Fernando perderia a vez. Nunca mais precisaria pensar em um namorado que... não existe... Que nunca está presente. Queria alguém para tocar, para amar, se sentir amada e... protegida também.

O sono começava a trazer seu efeito inebriante e Júlia só conseguia ver o rapaz de preto lhe segurando e dizendo que iria levá-la. Segurava sua cruz das missões com firmeza. De repente, Marcos chegava e a salvava, olhando profundamente dentro dos seus olhos, já encantados com a sua presença. Ah! O sono... Tão pesado... Tão cansada...

# 11

# O ATRASO

Ao contrário do que imaginava, Júlia dormiu como uma pedra. Não sabia que estava tão cansada. É claro, dançar e conversar – principalmente com o coração acelerado pela emoção –, cansa muito. Ela já vinha de uma rotina de intensos estudos para o Enem, o que caracterizava um cansaço extra, que ficara acumulado. Mas, enfim, não teve pesadelos, muito menos pensou em problemas e nem sonhou com Marcos – que era o que mais queria. Mas, pelo menos, o rapaz de preto também não povoou seus sonhos.

Olhou para o relógio, que marcava 8 horas da manhã. Havia esquecido completamente de colocá-lo para despertar. Tinha que correr, pois logo Pedro lhe chamaria para irem ao centro da cidade encontrar a turma. Desta vez, não iria perturbar seu pai, pois ela e Pedro iriam de carona com Leon, Larissa e Agatha. Lá, encontrariam os outros para passarem uma boa parte do dia juntos. Levantou apressadamente, tomou um banho super rápido e demorou um pouco mais para se arrumar, afinal, iria reencontrar Marcos e precisava estar impecável.

Como sempre, a roupa era um problema. Experimentou várias peças até finalmente decidir-se por uma calça jeans e uma blusa bege bordada com flores vermelhas, que lhe caía muito bem. Calçou seu tênis vermelho, para completar o conjunto. Estava um dia quente. Geralmente, ali em Teresópolis, de dia fazia mais calor, portanto dava para usar uma blusa mais leve. Seus cabelos estavam soltos novamente, e usaria apenas um batom clarinho para realçar os lábios. Mesmo assim, tinha que levar um casaco leve, pois poderia esfriar mais tarde. Tomou café para não sair em jejum, pois não queria sentir-se mal. Já estava suficientemente nervosa pelo encontro com Marcos, sentindo aquele friozinho na barriga. Seus pais já estavam acordados, e a única preocupação deles era com a hora que a filha retornaria, para não atrasar a volta para o Rio.

– Júlia, sairemos às três da tarde para o Rio. Por favor, não se atrase. Quero chegar cedo porque tenho algumas coisas para arrumar para o trabalho na segunda-feira – pediu Paulo com seu olhar severo, que disfarçava toda a ternura que sentia pela filha.

– Não se preocupe, pai. Estarei aqui bem antes das três – respondeu Júlia e imediatamente deu-lhe um beijo.

Ouviram a buzina do carro do Leon e, quase ao mesmo tempo, Pedro chamou Júlia para irem ao encontro dos amigos. Beijou Paulo e Vitória e saiu apressada.

Leon e Pedro estavam eufóricos falando da exposição de motos, que ocorreria no salão de exposições do centro da cidade. Falavam dos tipos de motos novas que lá seriam apresentadas, dos modelos antigos que também estariam na exposição e das motos *Harley-Davidson*. Não pensavam em outra coisa, a não ser nas motos. Esta exposição fazia parte do *Motofest*, o Encontro Nacional de Motociclistas em Teresópolis. Além do show de *rock* – que eles haviam participado no sábado –, haveria ainda apresentações de *wheeling*, as manobras radicais com motos, e uma motociata no centro da cidade. Isso sem falar na exposição e venda dos mais diversos acessórios. Típico programa masculino, mas, com certeza, Marcos também gostaria e não seria Júlia que estragaria o programa.

*Olha eu sendo preconceituosa! Claro que muitas mulheres também gostam de motos. Acho legal, mas me sinto mais segura num carro*, pensou Júlia sobre o programa que a esperava. Na verdade, o passeio valeria a pena pela turma e especialmente pelo Marcos. Júlia, Larissa e Agatha queriam mais era passear, conversar e, quem sabe, no seu caso específico, flertar um pouco. Mas, nada melhor do que usufruir da companhia dos rapazes naquela bela manhã ensolarada e quente, que se mostrava diante deles.

Quando chegaram à praça, que era o lugar marcado, Johnny e Gina já se encontravam lá. Só faltava Marcos, que ainda não havia chegado. Júlia ficou um pouco chateada e apreensiva. *Será que não virá?* Estava tão ansiosa que não conseguia disfarçar a decepção de não tê-lo encontrado logo que chegaram. Gina olhou para Júlia e, como não podia deixar passar essa, despejou seu veneno.

– Calma, Júlia, ele virá! Vai ver perdeu a hora – comentou com um sorriso malicioso, passando a mão em seus longos cabelos.

Júlia olhou para Gina, quase fuzilando-a com seus olhos, porém engoliu seco, conseguiu controlar-se e sorriu meio sem graça.

– Não estou preocupada. Daqui a pouco ele virá – e então deu meia volta e olhou em direção à Feirinha, como se estivesse interessada em algo por lá. Mesmo assim, não conseguiu evitar de ficar olhando em volta da praça a todo instante, o que denunciou sua ansiedade.

Ficaram ali na praça conversando por pelo menos 20 minutos, quando Leon disse que era melhor irem andando, pois a exposição começaria às 9h30 e ele não gostaria de chegar atrasado. Certamente, haveria uma grande fila na entrada para a compra dos ingressos. Como a exposição seria ali perto, e Marcos saberia que estariam nela, Júlia não viu mal algum em sair logo e fazer a vontade dos rapazes, que já estavam muito ansiosos. Assim, o carro ficou estacionado na praça e todos foram andando até o salão de exposições, a umas cinco quadras dali.

Júlia não conseguiu evitar de olhar para os lados a todo instante, na esperança de ver Marcos aproximar-se deles, desculpando-se pelo atraso, que certamente teria uma boa explicação. Ou pelo menos ela esperava que acontecesse. Assim como seu pai, Júlia não era muito tolerante com atrasos. Não podia evitar. Tinha sido educada desse modo. Quando seu pai pedia uma determinada coisa, era para ser feito naquele exato momento, não haveria desculpas que o fizesse aceitar o atraso no cumprimento de uma tarefa. E ele também era intolerante em relação à hora de chegada nos seus compromissos. Tinha que ser na hora marcada, nunca depois. Cansou de chegar com antecedência nos seus compromissos e esperar horas pelos outros. E Júlia, a filha do sr. Paulo, se comportava da mesma maneira. Esperava uma boa justificativa para o atraso de Marcos. Estaria ela diante do primeiro defeito do seu homem perfeito?

Chegaram à exposição às 9h35, e como já era de se esperar, havia uma fila imensa para comprar as entradas, o que deixou Leon um pouco mal-humorado. Júlia tentava sorrir, meio sem graça, para disfarçar seu desapontamento, afinal haviam se atrasado por ter esperado Marcos, seu novo amigo. Subitamente, sentiu alguém a segurar pelo braço e, ao se virar, deparou-se com Marcos, mais lindo do que nunca, olhando diretamente nos seus olhos, com cara de "me perdoe o atraso". Usava uma camisa social azul-marinho com as mangas dobradas, que realçava ainda mais seus cabelos loiros e compridos e uma calça *jeans* clara. Parecia uma visão, pelo menos para ela.

– Júlia! Desculpe ter me atrasado para o encontro na praça – disse ele com um olhar de cachorrinho abandonado. – Mas tive a oportunidade de conseguir as entradas promocionais e fui buscá-las, pois achei que seria um bom negócio para todos nós – ele mostrou as entradas gratuitas que havia conseguido para todos.

Foi um alívio geral, principalmente para Júlia. Todos ficaram felizes pelas entradas gratuitas. Leon, Pedro e Johnny o cumprimentaram, já sem o mau humor anterior e pegaram suas entradas, agradecendo e dirigindo-se para a entrada principal. As meninas, Gina, Agatha e Larissa, também pegaram as suas e seguiram os rapazes. E Júlia olhou para ele com um misto de alívio, surpresa e alegria, em princípio, sem saber o que dizer.

– Está desculpado! Mas... Fiquei preocupada – confessou com um brilho nos olhos, que não conseguiu disfarçar. – Pensei que não viesse mais.

– Como perderia a oportunidade de revê-la, se sabia que ainda hoje você viajaria para o Rio – respondeu ele, sem desviar os olhos dela.

– Você não volta hoje para o Rio? – ela perguntou, sem conseguir disfarçar a ansiedade.

– Não. Meus pais precisam ficar até amanhã, pois têm negócios a resolver aqui. Como não trabalho amanhã, vou fazer companhia a eles – respondeu.

Júlia ficou um pouco sem graça, afinal era uma garota tímida, principalmente em determinadas situações. Achou melhor entrarem logo na exposição, uma vez que todos já estavam lá dentro. Foram para a entrada principal, entregaram as entradas e adentraram o salão da exposição. Estava curiosa com o que veria lá dentro, entretanto, mal sabia ela, que o que mais lhe chamaria a atenção estava do lado de fora.

# 12

# MOTOCICLETAS

A exposição estava muito interessante. Tinha de tudo um pouco. O salão estava dividido em motos novas – com os lançamentos mais recentes – e motos antigas, ou seja, motos para todos os gostos. Leon, Johnny e Pedro babavam diante de uma *Harley-Davidson Fat Boy*, um dos modelos mais tradicionais da marca norte-americana.

– Vocês sabiam que este modelo foi utilizado no filme O Exterminador do Futuro II – informou Leon todo bobo, por seu conhecimento como cinéfilo doente que era. – Foi pilotado por *Arnold Schwarznegger* nos anos 1990, no segundo filme quando tentava salvar John O'Connor.

Todos olharam para ele, boquiabertos, mas não pelo conhecimento, e sim pela beleza da moto. Viram todos os tipos de motos: BMW, Honda, Suzuki, Kawasaki, Yamaha, etc. Nomes com os quais Júlia não estava tão acostumada assim, afinal não era tão fã de motos. No entanto, percebeu que Marcos estava fascinado. Ele gostava de motos. Gostava muito... ela diria. Dava para ver no seu olhar e no seu interesse pelas marcas novas, fazendo perguntas, querendo saber dos detalhes.

– Você gosta mesmo de motos, né? – indagou interessada.

– Sim, adoro e... – ele se aproximou dela e sussurrou em seu ouvido. – Tenho uma que você terá a oportunidade de conhecer logo, logo – e afastou-se, sorrindo ao ver seu olhar de espanto.

– Logo, logo... O que você quis dizer com isso? – perguntou ela franzindo a testa.

– Está no estacionamento na praça. Você terá a oportunidade de vê-la quando sairmos daqui.

– OK! Estou ansiosa – Júlia respondeu indiferente em relação à moto, mas apreciando o fato de poder usufruir mais da companhia dele.

Ele apenas riu e continuaram andando até ver cada moto da exposição e fazer mil perguntas sobre elas. O mesmo, ela percebeu, que acontecia com os rapazes, que continuavam babando por cada moto que viam. As meninas, como ela, acompanhavam sem tanto entusiasmo assim. Júlia gostou de ver os modelos de *Scooters*. Este tipo ela achava que poderia pilotar, pois lhe pareciam mais seguros do que as motos em geral. Quando saíram, já era quase meio-dia e todos decidiram achar um lugar perto para almoçar. Assim, não andariam muito, pois só Leon estava de carro e não cabiam todos em seu Fox. Mesmo que ela fosse de moto com Marcos, ainda assim eles seriam seis pessoas e o carro só comportava cinco. Não adiantava querer burlar a lei, pois a polícia ali era bem eficaz.

Andaram duas quadras e chegaram a uma pizzaria bem conhecida na região e que lhes proporcionaria um ótimo almoço. Entraram, acomodaram-se, pediram as pizzas e almoçaram animadamente. Júlia observou que Marcos comeu muito pouco. Só um pedaço, para ser exata.

– Não gosta de pizza? – perguntou-lhe baixinho, sem que os outros percebessem.

– Não é um dos meus pratos favoritos – ele sussurrou no seu ouvido.

– Mas, por que não falou antes? Poderíamos ter ido para outro lugar – questionou carinhosamente.

– Não queria ser o desmancha prazeres do grupo – confidenciou sorrindo. – Depois, não foi tão ruim assim...

Júlia teve que rir, pois estava muito feliz de estar ali com Marcos e todos os seus amigos. Mas, como tudo o que é bom sempre dura pouco, quase não acreditou que já era 13h40. Precisava ir para casa, pois ainda iria arrumar sua mala e seu pai não gostaria de ter que esperar muito por ela. Leon, Larissa e Agatha também iriam viajar para o Rio naquela tarde. De todos, Gina, Johnny e Pedro eram os únicos de não precisavam se preocupar, pois moravam na cidade e não teriam que se apressar. Lembrou-se também de que Marcos ficaria em Teresópolis.

— Preciso ir, pessoal. Já são uma hora e quarenta — disse Júlia chateada.

— Eu levo você — Marcos falou rapidamente. — Assim conheço sua casa.

— Certo! Também quero conhecer sua moto — ela concordou com ar curioso.

Na verdade, Júlia tinha um pouco de medo de motocicletas. Lembrava-se de ter andado poucas vezes com seu pai quando era pequena. Mas, a pedido de sua mãe, seu pai acabou vendendo-a após uma queda. Paulo carregava uma cicatriz na perna, mas Júlia sabia que, ainda assim, ele adorava motos. Vitória não gostava de motos. Júlia sabia que sua mãe ficaria preocupada, mas não podia perder esta carona com Marcos, de jeito nenhum. Assim, voltaram à praça onde estava a moto de Marcos e o carro de Leon. Quando olhou a moto, Júlia ficou encantada e os rapazes ainda mais. Ela era realmente linda. Uma Kawasaki zzr 1400, segundo Marcos, extremamente veloz, que deixou os meninos babando. Nem precisavam ter ido à exposição, só olhar a moto de Marcos já teria sido suficiente.

Marcos subiu na moto, ligou o motor e fez sinal para que ela subisse na traseira. Como Júlia estava levemente nervosa, subiu meio desajeitada, segurando a mão de Marcos. Acomodou-se e, só de pensar que teria de se segurar nele, seu estômago começou a doer. Colocaram os capacetes, e ela entrelaçou os braços na cintura de Marcos, acomodando seu próprio corpo no dele, segurando-se firme. Nesse momento, percebeu o quanto ele era forte. Sentiu seu tórax rígido como um tanque ao abraçá-lo e tocar em seus músculos tensos e definidos. Pôde entender como foi fácil para ele ter lutado no momento em que apareceu e defendeu-a do rapaz de preto. Ajeitou-se novamente para virar-se e despediu-se da turma. Marcos acelerou a moto.

— Até a próxima, pessoal! Não sei quando voltarei para cá, mas já estou com saudades — Júlia acenou para todos, jogando beijos.

— Tchau, Júlia — todos responderam em uníssono.

— Por favor, Marcos. Vá devagar, sim — Júlia já estava tremendo, sem conseguir disfarçar. — Tenho um pouco de medo de velocidade.

— Não se preocupe, chegaremos bem — garantiu Marcos, com voz forte e segura. Ainda apertou suas mãos, tentando passar-lhe mais segurança.

Acelerou novamente e partiram. Foi a viagem mais rápida e, ao mesmo tempo, a mais lenta que Júlia já havia feito. Rápida pelo fato de a moto ser muito veloz e lenta porque, apesar do medo, ela quis aproveitar cada segundo com Marcos. Procurou sentir seu corpo próximo de si e degustar cada palavra trocada, mesmo que fossem somente futilidades. Era muito bom sentir o contato físico com o corpo de Marcos. Não estava acostumada com isso. Só conhecia o amor virtual. Como já imaginava, nada pode se comparar ao contato físico. Era inebriante sentir seu corpo forte em contato com o dela. Ao chegarem, ficou desapontada por ter que soltá-lo. Seria difícil despedir-se dele e não sabia quando iria vê-lo novamente. Desceu da moto, segurando a mão dele, tirou o capacete e esperou que Marcos fizesse o mesmo.

— Agora só nos veremos no Rio — disse ele, enquanto passava a mão nos seus cabelos que estavam levemente desalinhados pelo uso do capacete.

— Pois é! — confirmou entristecida.

Júlia convidou-o para entrar e conhecer sua casa. Ele já havia conhecido seu pai e, portanto, apresentou-lhe sua mãe, que sorriu animadamente por conhecer o rapaz de quem tanto Júlia havia falado. Trocaram algumas palavras e Marcos disse que precisava ir, pois sabia que estavam com pressa para viajar.

Júlia levou-o até o portão, trocaram os números de telefones e combinaram encontrar-se durante a semana no Rio. Antes de ele subir na moto, olhou para Júlia demoradamente, parecendo não saber o que dizer. Então, segurou seu rosto carinhosamente, acariciou seu queixo e, puxando-o, beijou seus lábios delicadamente. Depois, sussurrou no seu ouvido:

— Até a próxima. Vou sentir saudades.

Afastou-se dela rapidamente, subiu na moto, colocou o capacete, acenou para ela, acelerou e foi embora, sumindo na primeira esquina.

Júlia ficou ali parada, meio tonta, desolada, trêmula de felicidade e surpresa, já morrendo de saudades dele. Tocou seus lábios, sentindo ainda o calor de seu beijo. Foi só um leve toque nos lábios. Na verdade, ela queria muito mais, mas achou muito lindo a forma carinhosa como ele a havia tratado. Hoje em dia não se via mais isso. *A maioria dos rapazes quer muito mais, sem ao menos te conhecer.* Ele não. Era tão educado, um verdadeiro cavalheiro.

Entrou em casa ainda nas nuvens e foi direto para seu quarto preparar sua mala para partir. Vitória chegou curiosa para saber de Marcos. Júlia contou-lhe o que ela praticamente já sabia, apenas acrescentando que eles se encontrariam no Rio. Sua mãe ficou muito feliz e deu a maior força para que a filha continuasse com ele, dizendo que Marcos era um gato, educado e fino, e que ela não encontraria alguém assim tão facilmente.

– E o Fernando? – perguntou-lhe Vitória.

– O namoro virtual certamente já acabou – disse sorridente, lembrando-se do corpo de Marcos junto ao seu em cima da moto. – Não tem nem o que pensar.

– Já estão prontas? – Paulo perguntou, aparecendo de repente no quarto.

– Já sim, pai – respondeu prontamente. Afinal, para voltar para o Rio sua mala não precisava estar tão arrumada. Júlia já havia jogado sua roupa lá dentro e arrumaria tudo em casa. Não tinha clima para arrumar malas. Não depois de tudo o que havia acontecido.

Foram para a garagem, colocaram as malas no carro e Júlia ainda foi se despedir de Pedro, pois não sabia quando o veria de novo. Ele havia retornado de carona com Leon e Larissa.

Ao saírem da cidade, Júlia olhou para as ruas, as casas e as pessoas se despedindo. Tinha sido um fim de semana maravilhoso, inesquecível para ela. Levava Marcos no coração, desejando que os dias passassem logo para tornar a vê-lo o mais breve possível.

Depois de um fim de semana de *Motofest*, mesmo tendo saído cedo, como seu pai queria, pegaram um trânsito difícil e engarrafado, o que fez com que a viagem demorasse mais. Para Júlia foi bom, pois dormiu muito na viagem de volta e Marcos preencheu todos os seus sonhos. Não poderia ter sido diferente.

# 13

# O NOVO PROFESSOR

Novamente a segunda-feira chegara, porém, desta vez, Júlia não estava cansada nem desanimada para ir à escola, apesar de ter dormido pouco, pois Marcos não saíra de sua cabeça a noite toda. Estava louca para encontrar Mariana e contar-lhe as últimas novidades, mais especificamente sobre Marcos. Não era todo dia que um gato como ele aparecia na vida de uma garota. Chegou um pouco mais cedo, pois tinha ido sozinha, de ônibus, e por isso precisou sair antes de casa. Ainda sonolenta, quase perdeu o ponto de descida, pois adormeceu na viagem. Mas, chegou bem e já procurava por Mariana quando ela apareceu e olhou para Júlia espantada.

– Nossa! Júlia! Que cara de felicidade é essa? O que foi que aconteceu? – perguntou arregalando os olhos.

– Não está dando para disfarçar, né? – respondeu, com um sorriso de orelha a orelha. – É que estou muito feliz. Imagine... Conheci alguém muito especial. Estava louca para te contar pessoalmente, nem dormi direito esta noite.

– Então, conte tudo, e... não me esconda nada – Mariana cutucou Júlia, surpresa com sua contagiante felicidade.

– Pra começar, nada mais de namorado virtual – disse, sem conseguir disfarçar sua alegria. – Agora conheci alguém que é real, que existe e que posso tocar. E como isso é bom!

Sentaram-se no banco da entrada da escola e ficaram conversando sobre o fim de semana em Teresópolis e como Júlia havia conhecido Marcos. Júlia contou-lhe quase tudo o que aconteceu, e disse que sentia muito por ela não ter estado lá no fim de semana. Na verdade, achou melhor não contar o que havia acontecido no show – seu quase rapto –, pois era um assunto só seu. Apesar de Mariana ser sua melhor amiga, achou melhor guardar aquilo para si.

    Os alunos começaram a chegar, e logo a entrada foi ficando lotada. O sinal tocou e elas dirigiram-se à sala de aula, para a primeira aula do dia, que seria de matemática. Júlia estava tão feliz que não fazia a menor diferença a aula que seria dada. Não iria conseguir prestar atenção em nada mesmo. Apesar de estar muito feliz, o tempo parecia se arrastar, mas finalmente lá se foram os dois tempos de matemática. Logo após, mais um tempo de literatura, que também demorou a passar. Júlia sentia-se um pouco impaciente, torcendo para chegar logo a hora do intervalo e continuar batendo papo com Mariana. Finalmente o sinal tocou, anunciando a chegada do intervalo. Júlia e Mariana saíram para a lanchonete rapidamente e, enquanto compravam o lanche, Roberta, uma aluna de outra turma, chegou toda eufórica para contar a grande novidade do dia.

    – Vocês não podem imaginar o que eu tenho para contar! – e fez uma cara de mistério, de quem tem uma notícia de primeira para dar.

    Aliás, essa era a especialidade da Roberta: contar novidades. Não era à toa que fazia parte do jornal da escola, chamado *Boca no mundo*. Tinha sempre notícias quentíssimas para anunciar a Deus e ao mundo, especialmente se elas fossem levemente venenosas. Ela não perdia tempo. Roberta era *amiga* de Júlia e Mariana desde o primeiro ano, mas esse ano não ficou na mesma turma. A escola tinha o sistema de redistribuir os alunos nas turmas a cada ano novo. Afirmava que o objetivo era de que todos se conhecessem e fizessem amizade. Entretanto, todos sabiam que, no fundo, o que eles queriam era evitar problemas entre os próprios alunos. Agindo assim, evitavam brigas e separavam os alunos que mais conversavam dos que prestavam atenção nas aulas. Não deixavam as inimizades se solidificarem, nem as amizades. No segundo ano, Júlia e Mariana ficaram separadas, porém Júlia ficou na mesma sala de Roberta. Já este ano, Júlia e Mariana ficaram juntas, e Roberta ficou em outra turma, no andar de baixo. Como Roberta chegava sempre em cima da hora na escola, geralmente só se encontravam no intervalo, para baterem papo e colocar as novidades em dia.

    – Temos um professor novo substituindo a Ana, a professora de biologia, que já entrou de licença maternidade – contou eufórica, como se isso fosse a manchete do jornal do dia.

— Grande novidade! — disse Júlia, e olhou para Roberta com as mãos na cintura, encarando seu olhar radiante. — Todo mundo já sabia que ela estava para entrar de licença este semestre.

— Ah, mas a novidade não é esta. A novidade é... O professor novo! Gente, ele é um gato! — falou suspirando. — Um verdadeiro colírio para os olhos de qualquer garota saudável, que tenha a nossa idade. Acabei de ter aula com ele — e sentou-se no banco próximo à lanchonete, suspirando novamente.

Júlia e Mariana não paravam de rir ao ver o estado em que Roberta se encontrava, além de ter se tornado uma matraca, por não parar de falar.

— Me pergunte sobre o que foi a aula. Me pergunte — pediu Roberta, com o olhar perdido no horizonte. — Não faço a menor ideia. Ah! Não consegui tirar os olhos dele a aula toda. Com certeza a aula foi de... biologia — afirmou, suspirando mais uma vez.

Mariana e Júlia tiveram que abaná-la, cansadas de tanto rir. Mas, ao mesmo tempo, tentando saber mais sobre o tal professor, enquanto lanchavam rapidamente para poder voltar para a sala de aula. Roberta só soube dizer que ele era lindo, inteligente, educado e pronto a responder qualquer pergunta que fosse feita.

— Ele é muito interessante, é... diferente. Engraçado que é ainda bastante jovem. Parece um de nós. Ah! Acho que estou apaixonada. Lembrem-se, meninas, de que eu o vi primeiro — declarou com um olhar ameaçador.

— Calma, Roberta! Não é assim. Lembre-se de que ele é nosso professor — Mariana disse, sacudindo Roberta, para que ela despertasse de seu aparente transe.

— Bom, seja como for, logo tiraremos a prova dos nove, uma vez que teremos os dois últimos tempos com ele — observou Júlia, ao lembrar que os próximos dois tempos seriam de biologia.

Assim que terminaram o lanche dirigiram-se para as salas de aula, ansiosas para conhecer o novo professor, tão elogiado por Roberta. Júlia entrou toda eufórica na direção do seu lugar, seguida por Mariana, quando, de repente, congelou assim que viu o novo professor de biologia. Ele estava em pé, de perfil, olhando para o livro aberto em cima da mesa. Então, virou na sua direção, olhou para ela e sorriu.

## 14

# AULA DE BIOLOGIA

– Olá, Júlia! Como vai? – perguntou o novo professor, com aquele sorriso que ela tanto conhecia e amava.

– OOOlllá..., MMarcos!? Vou bem e você? – respondeu assustada, tremendo de surpresa, sentando-se lentamente em sua carteira, sem saber para onde olhar por não conseguir esconder o susto que acabara de ter.

– Tudo bem. Sou seu novo professor de biologia – avisou ele, ainda com o sorriso nos lábios, demonstrando felicidade por revê-la.

– Seja bem-vindo à nossa turma – comentou ela, com o coração aos pulos.

Mariana sentou-se ao seu lado, e, com um olhar indagador e curioso, aproximou-se de Júlia.

– Você o conhece? De onde?

– Ele é amigo da minha família – respondeu dissimuladamente, sem querer entrar em maiores explicações, pois aquele não era o momento.

Os outros alunos foram chegando, acomodando-se e só dava para escutar os sussurros das meninas, comentando sobre *o novo professor gato* que agora estaria diante delas às segundas e quartas-feiras.

– Com certeza a aula de biologia será a mais frequentada daqui por diante – murmurou Renata, a aluna mais antipática da turma, comentando com Jéssica, sua melhor amiga.

– Onde arranjaram um professor tão lindo? – sussurrou Ângela, sentada logo atrás de Júlia.

*É... Com certeza eu terei muitas concorrentes de hoje em diante*, pensou Júlia, já preocupada com a situação. Não seria nada fácil conviver com tantas meninas dando em cima de Marcos, na sua frente, e ela sem poder fazer nada.

*Aliás, como é que eu posso estar pensando assim. Marcos não é meu namorado. Eu apenas o conheci num fim de semana, num show*, martelou em sua cabeça. *É verdade que ele me salvou do rapaz de preto, me levou para casa e, no dia seguinte, nos vimos novamente no Motofest... Mas... Foi só isso*, tentou explicar para si mesma. *Houve apenas um beijinho, sem promessas ou compromissos. Só uma troca de número de telefones. Não há nada a esperar... Apenas a minha vontade de revê-lo e o desejo de beijá-lo novamente*, pensou sem parar, depois tornou a olhar para ele.

Após todos os alunos encontrarem-se na sala de aula, Marcos olhou para a turma e sorriu.

– Bom dia, turma.

– Bom dia! – todos responderam em conjunto, especialmente as vozes femininas.

– Meu nome é Marcos. Como vocês já devem saber, sou o novo professor de biologia, que veio substituir a professora Ana, que saiu de licença-maternidade. Estive conversando com ela para saber sobre o andamento da disciplina, além de tomar conhecimento sobre a grade curricular de vocês, e a distribuição dos conteúdos de biologia. Sei que o terceiro ano aqui na escola também tem a função de revisar os conteúdos, preparando vocês para o Enem, o que dobra a responsabilidade tanto de nossa parte, como professores, quanto de vocês, como alunos, que tem de estudar em dobro.

– Claro, né, professor? Se não fizermos a nossa parte, de nada adianta o esforço de vocês para nos ensinar a matéria – comentou Renata, tentando ser interessante e chamar a atenção do professor novo.

– Boa colocação – observou Marcos. – Como é o seu nome?

– Renata – respondeu sorrindo e fazendo charme.

– Pronto! Renata já começou a querer chamar a atenção – Mariana cochichou no ouvido de Júlia.

# AULA DE BIOLOGIA

Júlia assentiu com a cabeça, sem querer demonstrar qualquer sentimento em relação ao que estava acontecendo.

– Bom! Vamos começar hoje falando sobre genética. Peguem o livro na página 98. Vamos ler e discutir o texto para verificarmos o que vocês se lembram sobre o assunto. Logo depois assistiremos a um vídeo, para nos atualizarmos.

Feito isso, enquanto todos abriam os livros, Júlia observou que Marcos olhou para ela rapidamente e sorriu, mas logo desviou o olhar. *Devo ter corado! Sinto meu rosto arder de tão quente que ficou*, pensou preocupada. Mariana sentiu algo no ar e olhou para ela, mas nada falou. Assim passou o primeiro tempo, com a leitura, a discussão e Júlia procurando ficar atenta, para não cometer erros ou gafes. A tensão era tanta que o tempo parecia não passar. Nunca uma aula havia demorado tanto. Entretanto, Marcos não lhe fez nenhuma pergunta. Talvez, pelo fato de não ter havido tempo. A disputa entre as garotas para saber quem respondia mais perguntas e fazia mais observações era muito grande. Mesmo que fossem observações bobas... Elas queriam aparecer.

No segundo tempo, Marcos passou o vídeo e o acompanhou sentado na lateral da sala, próximo à porta, olhando para a turma. Júlia sentia seus olhos muitas vezes sobre ela. Não sabia se era impressão ou se realmente ele a observava o tempo todo. Isso a deixava nervosa e insegura, sem saber o que fazer. Após o vídeo ter acabado, discutiram a atualização referente à matéria. Marcos falava com grande propriedade, dominando o assunto, como se estivesse vivenciando tudo aquilo. Era interessante como alguém tão jovem podia saber tanta coisa. Não era à toa que Roberta falara de sua inteligência, pois ele realmente sabia do que estava falando. Isso só aumentava a admiração de todos por ele. Não era só um rosto e um corpo bonito. O cara tinha cabeça para dar e vender, o que deixava as garotas entusiasmadas a ponto de não pararem de sussurrar, comentando como ele era lindo e inteligente.

Finalmente, o sinal tocou e a discussão foi interrompida. Marcos pediu que todos lessem o capítulo que dava segmento ao assunto para a aula seguinte, na quarta-feira, e dispensou a turma. Júlia levantou-se, pegou a mochila e já se preparava para sair quando...

– Júlia, por favor, espere – disse Marcos. – Quero falar com você.

— Está bem! — respondeu ela, então pediu a Mariana para lhe esperar do lado de fora.

Quando todos já haviam saído, Marcos olhou para ela e sorriu.

— Ficou surpresa com o fato de eu estar aqui e ser seu novo professor? — perguntou-lhe sorrindo.

— Muito — ela desviou o olhar. — Especialmente por você ter dito que ficaria em Teresópolis, pois não trabalharia hoje — nesse momento, ela encarou-o, porém logo abaixou a cabeça, sem saber para onde olhar. — Desculpe, mas não sei mais como vou tratar você de hoje em diante. Estou muito sem graça.

— Não fique — pediu Marcos. — Nada mudou entre nós. Disse que não trabalharia, pois não sabia que começaria hoje. Fui chamado ontem, às pressas, pois a professora entrou de licença antes do esperado. Então, tive que começar mais cedo. Mas... Nada mudou. Continuamos sendo duas pessoas que estão se conhecendo. Espero continuar vendo você. Temos uma vida fora da escola — comentou encarando-a.

— Pode ser, Marcos — disse sem graça. — De todo modo, agora nos veremos mais vezes — sorriu forçadamente. — Preciso ir, ou perco a carona da Mariana. Tchau! — despediu-se, andou até a porta, olhou mais uma vez para ele e acenou.

— Tchau! — gritou Marcos. — Até quarta-feira.

Júlia saiu rapidamente da sala, antes que começasse a chorar, pois seus olhos estavam já ardendo. Teve que se segurar para Mariana não perceber o seu estado, mas como toda amiga, ela percebeu.

— Júlia, o que foi? Você está bem? — ela sentiu que a amiga estava bastante nervosa.

— Sim, estou bem. Não é nada — disfarçou Júlia, com o olhar voltado para seus livros.

— O que ele queria com você?

— Nada de mais. Apenas queria saber como estão meus pais — respondeu, andando rapidamente e descendo as escadas, para evitar um interrogatório.

Mariana se calou, mas Júlia sabia que a amiga ficara desconfiada.

— Não sei, não. Acho que você está me escondendo alguma coisa — Mariana encarou-a.

— Escondendo o quê? Não estou escondendo nada. Vamos embora, que sua mãe já deve estar aí — Júlia continuou andando apressadamente.

— Que coincidência o professor se chamar Marcos também, né? — observou Mariana.

— Pois é. É muita coincidência, né? — respondeu dissimulada, tentando esconder o seu nervosismo.

A mãe de Mariana já havia chegado. As duas aproveitaram que aquele dia ela podia vir buscá-las e foram para casa de carona. Como dona Elizabeth gostava muito de conversar, foi tagarelando até chegarem à casa de Júlia, onde a deixaram e foram embora. Para Júlia isso foi ótimo, assim não precisou conversar com Mariana sobre Marcos. Assim que chegou, entrou correndo na direção do seu quarto, onde jogou sua mochila em um canto e caiu na cama com os olhos lacrimejando.

*Meu professor! Por essa eu não esperava. Será que ele gosta de sair com alunas? Ou é um homem sério?*, os pensamentos iam e vinham, martelando em sua cabeça. Seu mundo parecia estar desabando. Tudo que havia imaginado e desejado com Marcos agora parecia somente um sonho. Não sabia o que fazer.

Joana, a empregada, ouviu o barulho da chegada de Júlia e foi até seu quarto.

— Oi, Júlia. Quer almoçar logo?

— Não, obrigada, Joana. Não estou com fome, pois lanchei na escola. Mais tarde como alguma coisa — respondeu disfarçando.

— Você está bem? — perguntou preocupada, vendo o rosto avermelhado de Júlia.

— Sim, estou. Não se preocupe, que não é nada demais. Só problemas de uma adolescente preocupada com a vida — filosofou.

Quando Joana saiu do quarto, Júlia desabou novamente. Sabia que teria só preocupações pela frente. Apesar de Marcos ter dito que nada mudaria, ela sabia que não era verdade. Tudo havia mudado. De tanto pensar, ficou cansada e acabou dormindo. Só acordou lá pelas 16 horas, com o celular tocando. Assustou-se com o barulho, mas atendeu rapidamente.

— Alô! — disse com a voz ainda sonolenta.

– Oi, amiga. Como você não se manifestou, resolvi te ligar para saber como vão as coisas.

– Oi, Mariana. Está tudo bem! Mas, por que a preocupação? – fez-se de desentendida.

– Ora, vamos Júlia! Você saiu da escola extremamente chateada hoje e não me explicou o porquê – respondeu irritada. – Quero saber o que está acontecendo. Não sou boba, e sou sua melhor amiga, ou pelo menos eu acho que ainda sou. Não sou?

– Claro que é, Mariana. Mas, não está acontecendo nada. Não há nada para te contar – respondeu, tentando disfarçar o que estava sentindo.

– Tá bom. Se você não quer falar, não posso obrigá-la. Mas, queria que soubesse que estou aqui, quando precisar de mim.

– Obrigada, amiga! Sei que posso sempre contar com você. Mas, está tudo bem. Acredite – afirmou.

– Está bem, amiga! Então, tchau! Um beijo.

– Tchau amiga. Beijos – Júlia desligou o celular e jogou-o na cama.

Só então, levantou-se da cama e foi lanchar. Não dava mais para almoçar a uma hora daquelas, mas precisava comer alguma coisa, pois o estômago doía de fome. Enquanto lanchava, aproveitou para checar os e-mails e o Facebook. Verificou se havia alguma mensagem, afinal, não teve cabeça para pensar em e-mails desde que havia chegado de Teresópolis. Ao acessá-los, percebeu que havia uma mensagem de Fernando.

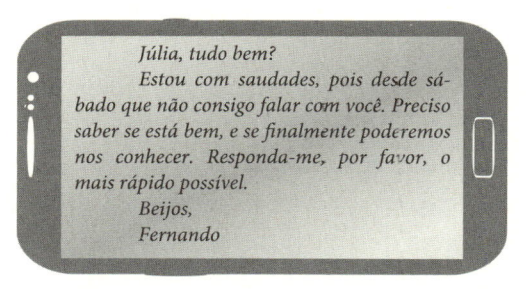

> Júlia, tudo bem?
> Estou com saudades, pois desde sábado que não consigo falar com você. Preciso saber se está bem, e se finalmente poderemos nos conhecer. Responda-me, por favor, o mais rápido possível.
> Beijos,
> Fernando

*Só me faltava essa. Agora que pensei que não precisaria mais pensar no Fernando, eis que tudo recomeça*, meditou preocupada.

Júlia decidiu que não ia responder naquele momento, pois estava exausta de tanto pensar. Fernando podia esperar. Afinal, ele não era mais o centro de seus pensamentos. Marcos agora preenchia todos os espaços.

# 15

# A SURPRESA

A terça-feira amanheceu com um céu azulado e limpo, prometendo praia. Pena que ainda era o início da semana e não havia chance de aproveitar o dia, pois tinha que ir à aula. Júlia chegou no horário de sempre, vindo de casa de ônibus, e logo na entrada encontrou Mariana, que veio correndo falar com ela.

– Júlia, como vai? Melhor?

– Por que a pergunta? Não estava doente! – respondeu irritada.

– Ah! Vejo que já está melhor – disse Mariana sorrindo. – Só de olhar para este rosto irritado vejo que já se recuperou.

Júlia apenas riu, fazendo uma careta, sem responder nada para não se irritar mais ainda. Mariana pegou no seu braço e, juntas, foram para a sala de aula.

Nas terças-feiras, a primeira aula era de história, nos dois primeiros tempos. O professor Plínio estava chegando à sala de aula quando elas entraram, dirigindo-se para as suas carteiras. Os alunos foram entrando e acomodando-se nos seus respectivos lugares. O professor Plínio já ia fechar a porta quando percebeu mais alguém se juntando a eles. Não dava para ver quem era, mas a pessoa falou com o professor, que o mandou entrar. Quando Júlia percebeu quem estava entrando na sala, levou um susto. Seu coração parecia que ia sair pela boca.

– Atenção, pessoal! – disse Plínio. – Este é Saulo, um aluno novo que veio transferido de Teresópolis. Espero que vocês o recebam bem, pois será mais um colega de hoje em diante – e fez sinal para que ele encontrasse um lugar onde pudesse acomodar-se.

Júlia não sabia se desviava o olhar, ou se olhava atentamente nos olhos verdes daquele jovem, o mesmo jovem que havia tentado lhe raptar na festa de Teresópolis, durante o show. Não era possível! Primeiro, tinha Marcos como professor, e agora, o rapaz de preto como colega de turma. O que estava acontecendo? Parecia um complô contra ela. Ele usava praticamente a mesma roupa do dia do show. Estava todo de preto, exibindo suas correntes penduradas.

O rapaz olhou para a turma, cumprimentou todos com um "Bom dia, pessoal!". Então, virou-se e olhou diretamente nos olhos de Júlia. Ela gelou. Desta vez, de medo. O que ele queria ali na sua escola? Tinha alguma coisa errada. Tinha que ter. Por que aquilo tudo estava acontecendo?

Saulo dirigiu-se às últimas carteiras no fim da sala e sentou-se em uma das únicas vazias. Júlia começou a ouvir cochichos das meninas, entusiasmadas pela presença de mais um rapaz bonito na turma.

– Que gato! – ouviu Renata se manifestar, com risadas estridentes.

– Lindo! Lindo! – Jéssica concordava, também rindo baixinho para o professor não perceber a euforia.

Não havia dúvidas de que ele realmente era bonito, mas era uma beleza que, para Júlia, nada dizia, uma vez que já não conseguia vê-lo da mesma forma que os outros. Para ela, ele inspirava medo, cuidado e atenção. Não podia vê-lo de outra forma, depois do que havia acontecido. Tinha sido muito traumatizante para ela. Se não fosse Marcos ter aparecido, não saberia dizer o que poderia ter acontecido. Lembrou-se de Marcos ter dito que o conhecia, por ser um dos delinquentes da região de Teresópolis. Marcos precisava saber disso, e ela teria que lhe contar o mais rápido possível.

Apesar do aluno novo, que não lhe agradou nada, as aulas dos dois tempos correram bem, sem maiores problemas. Mesmo assim, Júlia estava preocupada com o intervalo. Será que ele falaria com ela? Estava pensando no que fazer. Mas, enfim, chegou o intervalo e ele... Sumiu. Júlia não conseguia vê-lo em lugar nenhum. Vasculhava com os olhos todos os cantos do pátio da escola. Olhava as escadas, a quadra de esportes, as entradas e saídas das salas e nada. Concluiu que ele não queria se expor, principalmente para ela. Quando voltaram para a sala de aula, lá estava ele, sentado em sua carteira, sossegado, lendo. Júlia evitou olhar para ele, mas ele levantou os olhos para ela e a encarou. Ela desviou o olhar e novamente gelou, sentindo medo.

As aulas fluíram e nada de especial aconteceu, a não ser o fato de as meninas puxarem assunto com Saulo, por ser a novidade do dia. Quando as aulas acabaram e Júlia estava se arrumando apressadamente para sair logo e, novamente, pegar carona com a mãe de Mariana, o rapaz aproximou-se dela.

– Júlia! Posso falar com você? – perguntou Saulo.

Mariana olhou para Júlia, indagando com o olhar o que estava acontecendo que os novatos queriam tanto falar com ela.

– Pois não – disse ela, com o coração aos pulos novamente.

– É particular – observou ele e olhou para sua amiga.

– Ok. Te espero lá fora, Júlia – Mariana virou-se e saiu da sala em direção ao pátio.

– Gostaria de te pedir desculpas pelo que ocorreu em Teresópolis, na noite do show. Eu... estava muito bêbado naquele dia. Não sabia bem o que estava fazendo e acho que me excedi. Não costumo agir daquela maneira – afirmou ele com um olhar doce, tentando passar credibilidade.

Júlia olhou para ele um pouco incrédula, pois, naquela noite, ele não lhe parecera bêbado coisa nenhuma. Muito pelo contrário. Ele sabia muito bem o que estava fazendo. Disso, ela tinha certeza.

– Gostaria de desfazer todo o mal-entendido e tentar ser seu amigo. Tudo bem? – ele estendeu a mão em sinal de paz.

Júlia hesitou, mas sabia que não tinha opção. Era melhor manter o inimigo por perto, assim saberia o que ele estaria fazendo.

– Está bem, Saulo! – ela estendeu a mão e retribuiu o aperto. – Vamos começar tudo de novo, combinado? – e sorriu, tentando ser o mais natural possível. Na verdade, por dentro, tremia mais que vara verde.

– Combinado, Júlia. Obrigado pela sua atenção e até amanhã – ele saiu com pressa, como se estivesse atrasado.

Quando ele se foi, Júlia respirou fundo, sentindo-se aliviada. Assim que encontrou Mariana, esta olhou para ela com olhos arregalados e interrogativos.

— Ah! Eu sabia que você estava me escondendo alguma coisa. Eu não disse que você não havia me contado tudo. Pode ir falando tudo logo... Vamos! – impôs Mariana.

— Não posso falar aqui, Mariana. Não há clima, não vê? – disse Júlia aborrecida. – Vamos lá para casa! Você almoça comigo e eu te conto tudo, certo?

— Está bem. Mas, eu quero saber de tudo que aconteceu. Não aceito que me esconda mais nada. Está bem?

Elas saíram da escola, pegaram carona com dona Elizabeth novamente e Júlia foi logo lhe pedindo para deixar Mariana almoçar em sua casa, porque tinham um trabalho da escola para fazer. Quando chegaram, Júlia pediu para Joana preparar o almoço para as duas, enquanto tomavam banho e se trocavam. Na verdade, uma boa desculpa para irem a seu quarto e poderem conversar a sós. Desta vez, Júlia contou tudo para Mariana. A tentativa de rapto feita pelo Saulo, o aparecimento de Marcos que a salvou, e depois a ida dele para o show e o encontro do dia seguinte na *Motofest*. Mariana não sabia o que dizer. Estava boquiaberta. Ficou surpresa com a atitude de Saulo e também com o seu *quase envolvimento amoroso* com Marcos, que agora era o professor delas.

— Você devia lhe contar sobre o aparecimento do Saulo na nossa escola o mais rápido possível. Não sabemos do que ele é capaz – disse preocupada.

— Sim. Acho que não posso deixar de contar para o Marcos. A atitude do Saulo naquele dia foi muito suspeita. E é mentira. Ele não estava bêbado nada. Sabia muito bem o que estava fazendo. Vou telefonar para Marcos ainda hoje e lhe contar tudo.

— Ué, você tem o telefone dele? – Mariana arregalou os olhos, espantada.

— Claro que sim, Mariana! Não te disse que trocamos os números dos telefones na despedida de Teresópolis.

— Ah, é mesmo! Imagine se as meninas na escola souberem disso? – ela riu animadamente. – Mas, então, o que está esperando?

— Calma. Não pode ser assim. Tenho que pensar com calma no que vou dizer. Estou nervosa só de pensar em ligar para ele. Ele mexe muito comigo. Não posso evitar ficar nervosa com a situação. Ah, e não conte para ninguém sobre isso, viu?

– Claro que não, Júlia. Mas, já imaginou se a Roberta descobrisse isso? Já estou até vendo... Primeira página do jornal de fofocas da escola: *Aluna troca telefone com o novo professor gato da escola* – e riu muito, sabendo que deixava Júlia irritadíssima.

Júlia resolveu que ligaria depois do almoço para Marcos, após esfriar a cabeça. Assim, foram para a sala, onde a mesa já estava posta, e almoçaram conversando sobre tudo que havia acontecido nesses dois dias. Mariana lhe dava sugestões sobre como abordar o assunto com Marcos e também a aconselhava a não perder a chance de ter um namorado tão bonito e charmoso como ele.

– Pense na inveja das meninas na escola. Afinal, hoje em dia não se acha um homem como ele na esquina. Nem o Alex é tão bonito – observou Mariana; depois fez Júlia prometer que pensaria muito sobre o assunto, pois ela estaria torcendo.

Após o longo bate-papo, Mariana foi para casa. Júlia foi para seu quarto, pegou o número do telefone do Marcos e olhou, olhou e olhou, sem saber como começar. O que ele acharia de sua ligação? Será que ele queria receber uma ligação dela? Seu estômago se contorcia, Júlia quase chegava a ouvir o barulho que fazia, tão nervosa se encontrava só de pensar em ouvir a voz dele. Mas, não adiantava adiar. Ela precisava contar para ele e só poderia ser por telefone, não havia outro meio. Então, pegou seu celular, digitou o número do Marcos e ouviu o barulho da chamada. Seu coração parecia que ia pular pela boca de tanto que pulsava aceleradamente. *Calma Júlia, calma. Ele não vai deixar de te atender e será gentil. Isso é natural nele.* Era só o que pensava para se acalmar.

– Alô! Júlia? – ouviu a voz de Marcos falando calmamente.

– Alô! Marcos? – perguntou, quase gaguejando.

– É você mesmo Júlia?

– Sim. Como sabia que era eu? Pensei que não saberia, pois nós nunca falamos ao telefone antes – respondeu surpresa.

– O seu número já estava no meu celular, pois eu o gravei lá em Teresópolis para não perdê-lo.

– Ah, sim, claro! – *sua idiota,* pensou. – Marcos, desculpe te ligar neste horário, mas gostaria de te contar o que aconteceu hoje na escola, e que não estou sabendo como lidar.

– Pode falar – disse ele, com um tom de preocupação.

– Hoje chegou um aluno novo, transferido de Teresópolis, que me fez levar um susto. Era aquele rapaz de preto que tentou me raptar, lembra?

– O rapaz do show? Aquele delinquente? – ele esperou a confirmação.

– Isso. Ele mesmo. No fim da aula ainda veio falar comigo e me pediu desculpas pelo que aconteceu naquela noite, depois pediu para ser meu amigo.

Um silêncio se fez do outro lado da linha. Júlia só conseguiu ouvir a respiração de Marcos. Ela esperou um pouco e resolveu quebrar o silêncio.

– Marcos? Ainda está aí?

– Sim. Claro, Júlia! Desculpe. E o que você respondeu quanto ao convite de amizade?

– Disse que aceitava e que poderíamos recomeçar do zero. Achei que seria mais prudente numa situação destas.

– Fez muito bem. Precisa ter cuidado com esse tipo de gente. São muito perigosos e astutos.

– Ele vai ser seu aluno também – observou Júlia.

– Eu sei. Vai ser bom, porque assim poderei estar sempre por perto. Não se preocupe. Cuidarei de você.

– Cuidará de mim? Mas não é sua obrigação. Você agora é meu professor. Sua responsabilidade comigo é me ensinar biologia.

– Não, Júlia. Minha responsabilidade com você vai muito além disso. Agora, mais do que nunca, precisamos conversar, mas tem de ser pessoalmente. Será que você poderia me encontrar ainda hoje?

– Sim... Poderia. Onde? – perguntou, com um misto de felicidade e surpresa.

– Deixe-me ver. São três horas da tarde. Posso passar aí agora e te pegar. Vamos a algum lugar, um restaurante ou uma lanchonete. Um lugar onde possamos sentar e conversar. Tenho muita coisa para te falar. Me dá seu endereço.

Seu coração batia mais que a bateria de uma escola de samba, em dia de desfile na Apoteose. Encontrar com ele era o que Júlia mais queria fazer naquele momento. Desde que chegou de Teresópolis, só pensava em encontrar Marcos a sós, e agora teria sua chance. Após lhe dar o endereço e desligar o telefone, foi correndo se arrumar para sair. Não podia evitar imaginar que seria *um encontro,* e que precisava estar linda para ele. Era sua chance de sair com ele novamente e não poderia desperdiçá-la.

Abriu seu guarda-roupa para escolher o que colocar. O que combinaria com aquela bela tarde ensolarada? Escolheu colocar seu vestido azul-claro acinturado e seu par de sapatos bege, combinando com o cinto fino e com a bolsa também da mesma cor. Fez uma maquiagem bem leve e natural e penteou bem seus longos cabelos. Acrescentou seus brincos de argola grande, que realçavam, envoltos pelos seus cabelos. Olhou no espelho. Parecia que estava bem. Até se achou bonita. Agora era só esperar por ele. Na mesma hora seu estômago começou a se contorcer, e doía cada vez que pensava que o veria ali em sua casa, em carne e osso, logo, logo.

# 16

# ENCONTRO

Júlia escutou o interfone do condomínio tocar, e já sabia que Marcos havia chegado. Desceu as escadas correndo, ansiosa para vê-lo.

– Pode deixar, Joana. Eu atendo – gritou, antes que ela o fizesse. Depois correu para a cozinha e liberou a entrada de Marcos em seu condomínio.

Joana, que por acaso se encontrava na sala, olhou para Júlia, surpresa de vê-la tão arrumada àquela hora do dia.

– Você vai sair? – indagou-a desconfiada.

– Sim. Avise minha mãe, quando ela chegar, que saí com o Marcos, o rapaz de Teresópolis. Ela sabe quem é – respondeu e voltou seu olhar ansioso para a porta.

– Está muito bonita, hein! Namorado novo?

– Ainda não, Joana. Mas... Torça por mim, sim? – acrescentou e virou-se na direção da saída, com a intenção de correr.

– Torcerei sim, Júlia. Divirta-se.

Júlia alcançou a porta, abriu-a e viu Marcos no portão de sua casa, esperando por ela, mais lindo do que nunca. Estava com uma camisa azul-clara e calça *jeans* escura, o que, no conjunto, realçava seus cabelos loiros. Procurou andar com calma para não tropeçar nos próprios pés, o que seria natural de acontecer, considerando o estado de ansiedade em que se encontrava naquele exato momento. Andou na direção do portão com o olhar fixo em Marcos, que correspondia, encarando-a com um belo sorriso receptivo nos lábios.

– Júlia, como você está linda! – elogiou ele, sem tirar os olhos dela, ajudando-a a abrir o portão.

– Obrigada, Marcos – respondeu meio sem graça. Sentia-se flutuar, carregada pelo ímã de seus olhos tão azuis.

Marcos segurou sua mão delicadamente, beijou-a e conduziu-a até o carro. Foi só então que Júlia percebeu que ele não estava de moto, mas com uma *pick-up* Hilux, cabine dupla, na cor prata. *Como eu iria sair com ele de vestido se ele tivesse vindo de moto?* Sorriu secretamente, pela escolha que havia feito para se vestir naquele dia, pois tinha esquecido completamente da moto.

Como um verdadeiro cavalheiro, Marcos abriu a porta do carro para que ela entrasse. Assim que tomaram seus lugares, decidiram ir até o restaurante Outback, que não ficava muito longe da sua casa e onde poderiam conversar com tranquilidade, em um ambiente aconchegante sem a possibilidade de interrupções. Marcos dirigia calmamente, falando sobre as turmas da escola que havia assumido após a licença da professora. Júlia procurava apenas ouvi-lo, sem interrompê-lo, para sentir o som de sua voz, que já a fazia sonhar. Ao chegarem ao restaurante, escolheram uma mesa mais reservada, para conversarem sossegados. Marcos pediu a gigante cebola empanada e suco de laranja e Júlia o acompanhou, com suco de abacaxi com hortelã. Estava muito cedo para jantarem e o petisco foi uma boa escolha. *Interessante ele não ter pedido nenhuma bebida alcoólica*, meditou. Então, Marcos olhou para ela e segurou suas mãos.

– Júlia – disse ternamente. – Estou muito preocupado com você. Este rapaz... O aluno novo que apareceu na escola querendo ser seu amigo... Ele é muito perigoso. Você deve ficar longe dele – e apertou as mãos de Júlia.

– Como você pode afirmar isso? Você o conhece tão bem assim? – indagou ela, franzindo a testa com ar interrogativo.

– Sim. Eu o conheço. Na verdade, quis encontrar você hoje para conversarmos sobre isso – ele ainda segurava suas mãos. – Não me perdoaria se alguma coisa te acontecesse. Já vi este jovem envolvido em situações perigosas em Teresópolis e sei que é capaz de muita violência. Não sei como veio estudar na sua escola, uma vez que aqui os alunos têm um poder aquisitivo diferenciado. Certamente, não é o caso dele.

– Também não sei, mas com certeza deve pertencer a uma família com condições de mantê-lo na escola.

– Sim. Com certeza – respondeu ele pensativo. – Mas, o que eu mais queria te dizer pessoalmente, era isso: mantenha-se o mais longe dele possível. Não posso estar o tempo todo perto de você, para salvá-la.

– Claro, eu entendo. Aliás, obrigada mais uma vez por ter me ajudado. Não sei o que teria feito sem você.

– Não fiz mais do que minha obrigação – ele apertou levemente suas mãos, olhando profundamente em seus olhos.

– Mas, e você? Como acabou sendo meu professor? – Júlia mudou o rumo da conversa, disfarçando sua timidez diante daquele olhar tão perturbador e também querendo saber mais sobre ele.

– Pois é! Como você já sabe, sou biólogo. Na verdade recém-formado – riu e piscou para ela. – Terminei no ano passado – sussurrou, como se isso fosse um segredo. – Ainda sou muito jovem, tenho só 23 anos. Minha família é muito amiga de dona Andrea, a diretora da sua escola, e ela já havia me pedido para substituir sua professora quando ela entrasse de licença médica. Como já te disse, a licença foi antecipada e eu tive que assumir antes do previsto, que seria só no fim do mês.

– Fiquei feliz de ver você tão rápido novamente, mas ainda não sei como me comportar na escola... Com você, quer dizer... – ela sorriu, sem graça, e desviou o olhar para a cebola para pegar um pedaço.

– Não se preocupe com isso. Somos amigos e vamos continuar sendo. Conheci você antes de ser seu professor. Você só terá que agir como aluna na escola. Me respeitar como professor – disse fazendo graça. – Fora dela, teremos nossa vida e poderemos até sair juntos, como estamos fazendo agora.

– Sim. Seremos sempre bons amigos – olhou para ele com tristeza, pois sua boca dizia uma coisa, porém seu coração sentia outra. Ser só *amiga* dele não lhe bastava. Já sentia mais do que a amizade.

Terminaram os petiscos, conversaram mais um pouco e, ao olhar seu relógio, Júlia observou que já eram 19 horas. O tempo havia passado muito rápido e ela nem percebera. Sabia que o encontro não duraria mais tempo.

– Júlia. Preciso ir. Vou te deixar em casa agora e nos vemos amanhã na escola – declarou Marcos repentinamente.

– Claro, professor Marcos. A menina precisa ir para casa cedo, pois tem aula amanhã pela manhã – disse sarcasticamente. Ele apenas sorriu para ela e, com um sinal, chamou o garçom para pedir a conta.

– Só gostaria de reforçar meu pedido novamente. Fique longe dele! – aconselhou com ar autoritário. – Tente evitá-lo o máximo que puder e, se possível, nunca fique sozinha com ele, especialmente quando eu não estiver na escola. Promete?

– Sim, Marcos. Prometo – assentiu com a cabeça.

Então, saíram do restaurante e ficaram presos no engarrafamento da Barra. Júlia nunca amou tanto um engarrafamento como naquele dia, pois lhe proporcionou mais tempo na companhia de Marcos. Ao chegarem à casa de Júlia, novamente ele abriu a porta do carro para ela descer. Júlia ficou boquiaberta. *Quanta gentileza! Vou ficar mal acostumada,* pensou. Desceu do carro e, na hora de se despedir, não sabia o que fazer com suas próprias mãos.

– Você costuma ir para Teresópolis com frequência? – perguntou, apenas porque não tinha mais o que falar.

– Sim. Gosto de passar os fins de semana na serra. Me ajuda a descansar.

– Devo ir no próximo, quem sabe nos encontramos lá – disse ela, apertando as mãos para disfarçar o nervosismo.

– Por que não? – questionou ele e aproximou-se dela, tomou suas mãos e beijou-as. Então, olhou para ela e ficou alguns segundos pensativo, encarando-a. Subitamente, soltou suas mãos. – Até amanhã, Júlia!

– Até amanhã, Marcos! – respondeu e desviou o olhar, sentindo-se triste de ter que deixá-lo tão cedo.

Marcos entrou no carro, buzinou para Júlia e partiu. Ela ficou ali, na frente de sua casa, olhando para o carro até que este sumisse do alcance de sua visão. Só então entrou em casa. Sua mãe já havia chegado do trabalho e estava muito curiosa para saber dos acontecimentos. Então, Júlia lhe contou que Marcos agora era seu professor, porém nada lhe falou sobre o aluno novo. Achou melhor não assustá-la uma vez que era chegada a um drama e certamente não lhe daria mais sossego. Quem sabe iria até mesmo querer transferi-la de escola, algo que ela não iria querer fazer, especialmente agora que Marcos era seu professor. Além disso, não iria querer afastar-se de suas amigas. Resolveu subir para seu quarto e comunicou sua mãe que não iria mais jantar, pois o lanche com Marcos a havia deixado sem fome.

– Está bem, filha. Vou aguardar o seu pai, que não deve demorar, e jantar com ele. Disse que sairia mais cedo do trabalho hoje.

– Ok, mãe – respondeu aflita, louca para subir para seu quarto.

Assim que chegou ao seu quarto, abriu a janela e ficou olhando para o jardim de sua casa. Não sabia muito bem o que pensar sobre o seu encontro com Marcos. Estava muito feliz por ter estado com ele fora da escola, mas as coisas não pareciam estar no seu devido lugar. *Engraçado! Pareceu-me que ele fez questão de manter-se afastado de mim. Talvez, queira ser só meu amigo mesmo. Melhor assim... O que meus pais achariam de um namoro com meu professor? Acho que não gostariam da ideia*, meditou.

Olhou para o céu, já escurecido pela chegada da noite e observou como estava lindo. Lembrava uma colcha escura, cheia de brilhantes formados pelas estrelas e iluminados pela luz leitosa do luar. Procurou sua estrela. Lá estava ela, também banhada pelo luar. A lua estava magnífica, pois era noite de Lua Cheia. Parecia desnecessária a iluminação dos postes da rua. Somente a luz do luar seria suficiente. Não sabia distinguir se estava realmente tudo tão belo, ou se era o seu olhar que estava afetado pelo estado emocional. Marcos era sua inspiração. Toda inspiração que uma garota poderia precisar. De repente, ouviu um pequeno ruído no jardim, que fez seu olhar desviar imediatamente. Parecia que alguma coisa estava andando por entre as plantas. Ficou bem quieta, apagou a luz do quarto e observou. Foi quando viu um cachorro branco enorme andando calmamente no seu jardim. Naquele momento, ficou completamente atônita, sem saber o que fazer. De onde viera aquele animal? Eles não tinham cachorros. Deu meia volta e desceu as escadas correndo, chamando por sua mãe.

– Mãe! Tem um cachorro enorme no nosso jardim! – gritou assustada.

– No jardim? Mas como? Deve ser algum cachorro da vizinhança. Só pode... – supôs sua mãe.

Vitória abriu a porta, dirigindo-se para o jardim e Júlia foi atrás dela, preocupada com o que poderia acontecer. Porém, lá fora não havia nada. Andaram pelo jardim de um lado para o outro e nem sinal do enorme cão que Júlia havia visto da janela do seu quarto, no segundo andar.

– Júlia! Não há nada aqui! – disse Vitória e olhou para ela, como se perguntasse se aquilo não era uma brincadeira.

– Mas eu vi, mãe. Tenho certeza. Não iria brincar com você desta maneira.

– Tá bom. Vamos entrar! Se havia um cachorro aqui, ele, com certeza, já deve ter ido embora – concluiu Vitória.

– Mas, mãe. Não teria como ele ter pulado o muro. E o portão está fechado. Eu mesma o fechei quando cheguei com o Marcos – explicou Júlia.

As duas ficaram um pouco assustadas. Mas, como nada encontraram, adentraram a casa e Júlia voltou para seu quarto. Resolveu, então, ligar o computador para ver seus *e-mails* e Facebook. Ao acessar a primeira página e ver sua pasta de fotos, lembrou-se de uma coisa que havia esquecido completamente: a foto na qual aparecia o cachorro ao seu lado, na casa de Teresópolis. Como podia ter esquecido deste detalhe? Claro, depois de ter conhecido Marcos, só tinha ele no pensamento. Todo o resto parecia secundário.

Abriu a pasta das fotos de Teresópolis e começou a procurar pelo cachorro e... Lá estava ele. Era o mesmo. O cachorro, que como ela já havia observado, parecia um lobo. O que esse cachorro fazia atrás dela? Por que aparecia sempre próximo a ela? E o que estava fazendo ali em sua casa, no seu jardim? Tinha alguma coisa errada e ela precisava descobrir o quê. Normalmente, só quem via o cachorro era ela, embora não houvesse mostrado essas fotos para sua mãe ainda. Então, lembrou-se de outro detalhe. No dia que sua mãe foi levá-la para a escola, ela havia visto um cachorro no carro com sua mãe. Provavelmente era o mesmo. E ainda tinha o sonho. O que estava acontecendo? Júlia não sabia, mas precisava descobrir. Resolveu então telefonar para Mariana para conversar um pouco e distrair a cabeça.

– Alô, Mariana? Tudo bem?

– Oi, Júlia. Conversou com o Marcos?

– Sim, Mariana. Conversei muito com ele. Ele está preocupado com o aluno novo, mas disse que vai ficar de olho na situação.

– Que bom! Pelo menos você tem um gato de olho em você! – disse gargalhando.

– É. Pelo menos isso – respondeu preocupada. – Ele me pediu para ficar longe do rapaz, pois o cara é perigoso.

– Missão difícil esta, uma vez que é nosso colega de turma – observou Mariana.

– Já pensei nisso, mas conto com sua ajuda. Fique sempre comigo. Não me deixe sozinha nunca – pediu ela.

– Não se preocupe. Amigas são para estas coisas, certo?

Júlia despediu-se de Mariana e desligou o telefone. Voltou a pensar no cachorro. O que será que tudo isto significava? Não conseguia ver explicação para o fato. Mas algo estava errado e disso ela tinha certeza. Como estava com o computador ligado, resolveu verificar os *e-mails*. Ao abrir sua caixa de mensagens observou que havia mais uma do Fernando.

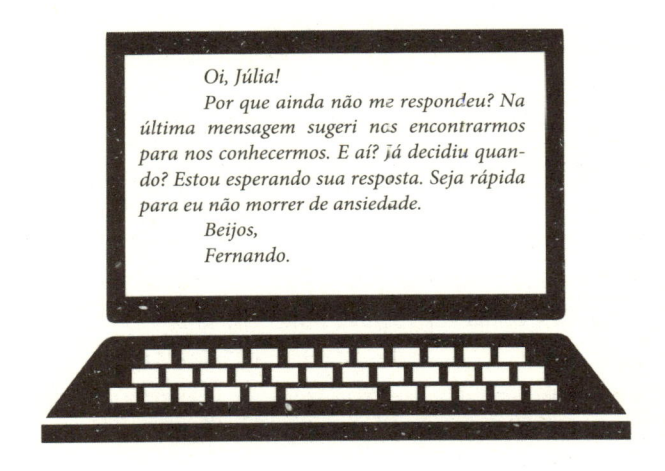

> Oi, Júlia!
> Por que ainda não me respondeu? Na última mensagem sugeri nos encontrarmos para nos conhecermos. E aí? Já decidiu quando? Estou esperando sua resposta. Seja rápida para eu não morrer de ansiedade.
> Beijos,
> Fernando.

*Só me faltava essa. Com tantas preocupações na minha cabeça ainda vem o Fernando me incomodar*, refletiu.

Não queria pensar em Fernando... Nem no cachorro. Não naquele momento. Resolveu deitar e dormir para descansar, pois precisava estar bem no dia seguinte para a aula. Como seria o encontro de Saulo com Marcos? Não pôde evitar o frio no estômago.

# 17

# LIVRARIA

No dia seguinte, uma quarta-feira, Júlia acordou preocupada. Pensou que não conseguiria dormir direito à noite, porém o sono falou mais alto e ela dormiu como uma criança cansada das travessuras do dia. Não sabia como não havia sonhado com os acontecimentos do dia anterior: o encontro com Marcos ou o cachorro do jardim. Mas, além da preocupação estava ansiosa para ver Marcos, pois teria dois tempos de aula com ele e não conseguia parar de pensar em como seria. Entretanto, o dia correu morno e sem maiores surpresas. Na verdade, a maior surpresa foi o fato de Saulo não ter ido à aula e, assim, Marcos não pôde vê-lo. As aulas com Marcos foram boas, só porque ele estava ali, mas eles se falaram muito pouco. Júlia agiu como aluna e ele como professor, sem maiores proximidades. Antes de ele ir embora, apenas olhou para ela e piscou, fazendo seu coração quase derreter de paixão. Já sabia que seria impossível manter somente amizade com ele, porém tinha que ser paciente.

A quinta-feira foi um dia que também correu sem maiores novidades, mas desta vez, Saulo veio à aula. Permaneceu sentado em seu lugar quase que a manhã toda, só dando papo para Renata, que não desgrudou dele um só minuto, fazendo de tudo para manter sua atenção sobre ela. Algumas vezes, Júlia percebeu que ele olhava para ela fixamente, mas se ela virasse para ele, na mesma hora ele disfarçava e olhava para o outro lado, ou falava com Renata.

Júlia voltou para casa com Mariana, onde estudaram. As provas estavam se aproximando e estava mais do que hora de começarem a estudar, para não deixar tudo para a última hora.

Finalmente, chegou a sexta-feira e o último dia de aula da semana, que também correu sem novidades. Saulo estava lá novamente, cercado por Renata e suas amigas. No intervalo, saiu com elas, mas Júlia não pôde deixar de observar que ele, de vez em quando, a encarava. Muitas vezes pensava que era ela que estava cismada com ele. Mas será? Não costumava ser assim... Achou melhor relaxar e parar de pensar tanto nele. Voltou para casa, ansiosa, pois sabia que seus pais queriam ir para Teresópolis ainda naquele dia. Vitória trabalhara só de manhã e, portanto, estaria livre de tarde. Seu pai sairia mais cedo do trabalho para poderem viajar às 16 horas e chegar ainda cedo em Teresópolis.

E assim aconteceu. Logo que chegaram na casa da serra, Júlia procurou Pedro para saber se teria algum programa para a sexta, que ainda não havia acabado, ou para o sábado, uma vez que queria sair para se divertir. Pedro a convidou para irem ao shopping encontrar os amigos, passear e lanchar, e ela logo concordou. Assim, pegaram carona com Leon e Larissa, que também haviam subido a serra, e foram para o centro da cidade.

Logo que chegaram ao shopping, Júlia se lembrou que precisava comprar um livro para o trabalho da escola. Então, enquanto o grupo procurava uma mesa para sentar e fazer os pedidos, Júlia decidiu ir até a livraria procurar o livro, para ganhar tempo. Na verdade, o que ela queria mesmo era distrair a cabeça e não pensar que poderia encontrar Marcos. Larissa ofereceu-se para ir junto e as duas saíram rindo e cochichando, para colocar as fofocas em dia. Subiram para o segundo andar e andaram até a livraria, que não era muito grande. Estava dividida em estantes por assuntos, colocadas ao longo da loja e, ainda, dividindo-a como um labirinto, nas quais se podia brincar de esconde-esconde. Logo Júlia e Larissa se afastaram, olhando as estantes de acordo com o assunto de seu interesse. Júlia achou mais proveitoso procurar o livro do que simplesmente pedir para a vendedora, que o encontraria rapidamente. Gostava de garimpar, pois sempre encontrava outros livros que lhe agradavam. Quando ela encontrou o livro, tirou-o da estante vazada que dividia o ambiente, deixando um espaço entre eles. Então, levou um susto e gritou, ao perceber que dois olhos a espreitavam do outro lado da estante.

– Júlia? Que surpresa? – escutou uma risada sarcástica que ecoou na sua cabeça. Logo reconheceu o dono daquele olhar, quando o rapaz dobrou o pescoço detrás da estante e olhou para ela.

– Saulo? – engoliu o susto que acabara de ter. – O que você faz aqui? – perguntou, ainda ofegante.

– Ora, estou... comprando livros! – respondeu e terminou de sair detrás da estante. Olhou para ela, sem piscar, ainda com um sorriso irônico nos lábios. – Por quê? Não posso?

– Claro que pode, mas você me assustou – e apertou o livro entre os braços, para disfarçar o nervosismo.

Saulo estava usando a mesma roupa que usara da primeira vez em que Júlia o havia visto. Uma jaqueta preta cheia de correntes penduradas, o que destacava seus olhos muito verdes e seu *piercing* na sobrancelha direita, calça também escura e botas negras de cano longo.

– Desculpe se te assustei. Não era essa a minha intenção – disse ironicamente.

– Júlia, tudo bem? – perguntou Larissa, ao sair do outro lado da estante, assustada com o grito de Júlia.

– Tudo bem, Larissa. Este é Saulo, meu novo colega de escola – apontou para ele, apresentando-o para a amiga que já sorria, encantada com o rapaz.

– Muito prazer. Você não me é estranho – comentou Larissa, com um olhar questionador.

– Bem... Eu moro aqui em Teresópolis e certamente você já deve ter me visto por aqui – observou ele, desta vez com um sorriso muito atraente, fazendo charme para ela.

– Mora aqui? E por que estuda no Rio? É tão longe! – perguntou ela, com olhar indagador.

– Na verdade, ganhei uma bolsa de estudos no Rio e, como a escola valia à pena, resolvi enfrentar a distância. Às vezes durmo por lá, na casa de algum amigo – ele levantou o braço direito para se escorar na estante, o que fez com que a jaqueta fosse puxada para trás e deixasse à mostra sua tatuagem. Júlia não se lembrava de haver percebido tal tatuagem. Parecia a cabeça de um réptil, um lagarto especificamente. *O que será que isso significa?*, questionou ela em seus pensamentos. Segurou sua Cruz das Missões, sentindo-se protegida.

— Realmente a distância não significa nada quando o estudo vale a pena — respondeu Larissa, sem tirar os olhos de Saulo, o que deixou Júlia apreensiva.

— Larissa! Precisamos ir. Os rapazes estão nos esperando — disse, já puxando Larissa na direção do caixa, para pagar o livro e ir embora.

— Ok! Vamos, então. Tchau, Saulo! Prazer em conhecê-lo — disse Larissa andando e olhando para trás na direção dele, sendo puxada por Júlia ao mesmo tempo.

— Tchau, garotas! Feliz de vê-la novamente, Júlia! — e acenou para ela. — Prazer em conhecê-la, Larissa — e piscou seus belos olhos verdes, fazendo com que Larissa não conseguisse desviar deles.

As garotas foram até o caixa, pagaram o livro escolhido e saíram da loja na direção da praça de alimentação. Júlia podia sentir os olhos de Saulo seguindo seus passos, o que fazia com que ela gelasse, ao lembrar-se do primeiro encontro. Sabia que ele não era confiável. Desceram as escadas e, ao chegarem à mesa, os rapazes já haviam pedido uma pizza à portuguesa família, que agradava a todos, e refrigerantes. Sentaram-se e parecia que havia algo estampado no olhar delas, pois Leon logo perguntou:

— Aconteceu alguma coisa com vocês?

— NNNão. Por quê? — perguntou Júlia, gaguejando.

— Você parece assustada, Júlia — disse Pedro, com ar de preocupação.

— Não é nada. Apenas encontrei um colega de escola do qual não gosto muito — respondeu e pegou um prato e um pedaço de pizza, para disfarçar o nervosismo.

— Colega de escola? Aqui em Teresópolis? — indagou Leon.

— Pois, é. Ele é daqui, mas estuda no Rio — desdenhou, tentando não dar importância ao fato.

— Larissa não parece chateada como você, Júlia — observou Pedro.

– Claro que não. Não entendo por que Júlia não gosta dele. Achei-o um gato! – disse ela sorrindo. Quando olhou para Júlia, esta desconversou, pois não queria entrar em detalhes sobre Saulo. Não com eles.

– Deixa para lá... Vamos bater papo e comer pizza. Não foi para isso que viemos? – *Depois explico melhor para Larissa minha rejeição a esse rapaz*, pensou.

Todos riram da situação e começaram a botar a conversa em dia e deliciar-se com a pizza e os refrigerantes. Júlia continuava tensa, embora procurasse disfarçar. Ao saírem para voltar para casa, já no carro, viu Saulo escorado na porta de entrada do shopping, olhando para eles. Ele deu um sorriso e acenou para ela.

Júlia sentiu um calafrio percorrer-lhe a espinha e fingiu que não o viu, por isso não respondeu. Havia sentado ao lado de Pedro, no banco de trás, e quando partiram ainda olhou para fora, mas não viu mais Saulo. Entretanto, ao lado do carro passou correndo um cachorro branco. Júlia olhou, sem se assustar. Já estava começando a se acostumar com o cachorro misterioso, que parecia sempre a estar seguindo. Mas não deixou de se perguntar o que aquele cachorro estaria fazendo ali.

Ao chegar em casa, resolveu finalmente responder o *e-mail* do Fernando, através de seu iPhone. Depois de Saulo, não queria conhecer mais ninguém estranho e Fernando não lhe parecia alguém confiável.

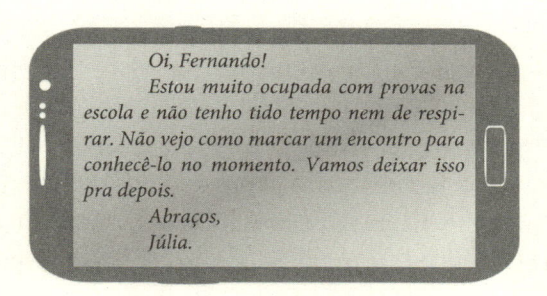

> Oi, Fernando!
> Estou muito ocupada com provas na escola e não tenho tido tempo nem de respirar. Não vejo como marcar um encontro para conhecê-lo no momento. Vamos deixar isso pra depois.
> Abraços,
> Júlia.

Pronto. Júlia imaginava que o *e-mail* fosse resolver o problema por enquanto. Isso lhe daria tempo para pensar. No momento, só queria saber de Marcos. Será que ele viria para Teresópolis?

# 18

# A CASA DE MARCOS

O dia amanheceu ensolarado e lindo. Ao abrir as janelas, Júlia observou os raios de sol que penetravam por entre as árvores como luzes coloridas, bordando o céu azul de cores diversas e fazendo um *dégradé* de arco-íris à sua janela. *Que dia lindo!* Não conseguia evitar o pensamento de como aproveitá-lo. Eram 9 horas da manhã e ela chegava a desejar ter acordado mais cedo, para poder aproveitar melhor o dia, embora não fosse muito o seu feitio. Levantou-se, tomou um banho quente delicioso e relaxante, de acordo com a temperatura fresca do lugar, e foi tomar café. Seus pais já haviam feito uma caminhada mais cedo. Vitória disse que ficou com pena de acordá-la, pois estava dormindo profundamente. Júlia agradeceu pelo sono extra e dirigiu-se à mesa para o café. Subitamente, seu celular tocou. Ao olhar para o número, seu coração disparou como um foguete.

– Oi, Marcos, tudo bem? – ficou atônita, envolvida pela surpresa.

– Bom dia, Júlia! E aí? Está em Teresópolis?

– Sim. Cheguei ontem com meus pais. E você? Está aqui também? – para se acalmar, bebericou um gole de café quente.

– Claro. Estou ligando para saber se você quer conhecer minha casa e meus pais hoje. Estão te convidando para almoçar.

Júlia ficou muda de surpresa, sem saber o que responder. Ficou em silêncio por alguns segundos.

– Júlia? Ainda está aí? – perguntou Marcos.

– Sim, claro. Desculpe, Marcos, mas fiquei surpresa com o convite. – respondeu. Respirou fundo, e, com a voz trêmula, aceitou o convite. Então, já começou a pensar no que usar, em como os pais de Marcos a receberiam, o que achariam dela e a partir daí, já não conseguia mais raciocinar direito. Desligou o telefone, sem terminar o café direito e correu para o seu quarto, para escolher a roupa para sair. Marcos disse que viria buscá-la às 11 horas. Muito pouco tempo para decidir tanta coisa.

  Júlia chamou Vitória, contou-lhe sobre o convite e pediu ajuda na escolha da roupa, apesar de seus gostos não combinarem. Precisava pelo menos que alguém a ajudasse, nem que fosse só lhe dando apoio nas escolhas. Após verificar todas as roupas que havia trazido, parecia que nada era suficientemente apropriado e não havia tempo para compras. Lembrou que Marcos poderia vir de moto e um vestido não seria o ideal. Decidiu, então, usar uma calça *jeans* preta e uma blusa branca de mangas compridas. Apesar do sol, o dia estava fresco e era melhor não facilitar. Colocou uma sandália colorida de salto Anabela para completar o conjunto. Após aprontar-se, por volta das 10h30, resolveu esperar na sala de estar. Os ponteiros do relógio pareciam estar colados, pois não andavam. Eram eles que não andavam ou era seu estado de nervos que não deixava eles se moverem?

  Às 11 horas em ponto, ouviu a campainha tocar e foi encontrar Marcos no portão. Como sempre, ele estava lindo. Usava calça *jeans* azul, camisa branca como ela, tênis azul e seus longos cabelos loiros soltos davam-lhe um ar irresistível. Viera de moto, como ela havia previsto.

  – Olá, professor Marcos! Tudo bem? – disse com tom brincalhão.

  – Olá, aluna! Tudo bem, e você? – respondeu e riu, sentindo o tom da brincadeira.

  Marcos acenou para os pais de Júlia, que estavam à porta de casa. Júlia colocou o capacete que Marcos lhe alcançou, subiu na moto e ele deu a partida na direção do centro da cidade. Ao chegarem ao centro, perto da praça, Marcos entrou com a moto em uma linda casa branca de dois andares, após acionar o controle remoto para a abertura dos grandes portões de ferro. Entraram reto para uma grande garagem no subsolo da casa, onde havia mais três carros, um BMW preto, um Volvo prata, mais a caminhonete de Marcos. Ele colocou a moto ao lado de sua caminhonete e ajudou Júlia a descer. Pegou-a pela mão e subiram uma escada que levava ao primeiro pavimento da casa, onde encontraram os pais de Marcos, na varanda, a esperá-los.

– Pai, mãe, esta é Júlia – disse e olhou para seus pais, que se aproximaram e cumprimentaram-na amavelmente.

– Olá, querida! Sou Zara, mãe de Marcos. Tudo bem? – E beijou-a nos dois lados da face.

Zara era uma mulher alta e esguia, muito loira de cabelos compridos e olhos azuis como os de Marcos, muito parecida com ele. Era como se Júlia estivesse vendo a versão feminina dele, só que um pouco mais madura. Usava um vestido branco, do tipo tubinho, na altura dos joelhos, que lhe deixava muito elegante. Júlia chegou a pensar que qualquer coisa lhe cairia bem.

– Olá, dona Zara, muito prazer – disse timidamente, olhando para ela e se questionando se estava à altura de tal mulher.

– Nada de dona Zara, por favor. Chama-me de Zara, somente – e sorriu elegantemente.

– Sou Sigmund, não o Freud, mas inspirado nele. Foi ideia de minha mãe, que era fã dele – disse o pai de Marcos sorrindo. – Mas pode me chamar somente de Zig. É como todos me chamam.

Zig também era muito elegante. Alto, magro, também loiro de olhos azuis como os de Marcos, e estava vestido com uma camisa azul-clara e uma calça social cinza. Agora, Júlia sabia de onde vinha a beleza de Marcos.

– Muito prazer, senhor Zig – Júlia tentou manter a pose, sem saber para onde olhar.

– Nada de timidez, querida. Faça-me o favor de sentir-se em casa. Os amigos de Marcos são nossos amigos também – Zig tentou descontrair o ambiente. – Marcos, mostre a casa à sua convidada.

Júlia já estava encantada com a sala de estar, que era enorme, com pelo menos cinco ambientes diferentes, decorada com móveis modernos e bem distribuídos. Ainda no primeiro pavimento, havia uma cozinha estilo americana e um charmoso lavabo. A frente da casa se abria em uma varanda que a circundava, com cadeiras e mesas brancas, contrastando com o piso em madeira.

Marcos convidou Júlia para subir para o segundo pavimento e conhecer o seu quarto e seu escritório. O quarto de Marcos era bastante grande e também tinha uma decoração moderna. Uma cama de casal centralizada entre armários embutidos e luminárias de cores diferentes, que davam ao ambiente um tom ora amarelo e alegre, ora azulado e aconchegante. Na verdade, era uma suíte, pois no fundo do quarto havia um banheiro azul, que completava o bom gosto do ambiente. Na parede esquerda, havia um quadro com uma imagem futurística onde Marcos se encontrava centralizado entre plantas e casas exóticas, usando um macacão azul inteiriço, que modelava seu corpo. Júlia achou interessante aquela imagem.

– Que lugar lindo! E... diferente – observou e olhou Marcos interrogativamente. – Um lugar assim parece não existir. Pelo menos, não aqui na Terra. Parece outro planeta.

– Júlia – disse Marcos rindo. – Isso é um painel e eu estou fantasiado. Foi no carnaval passado – Júlia riu, pensando como poderia ser tão boba. Claro que aquele lugar não era de verdade.

Marcos mostrou a entrada do quarto de seus pais e a convidou a conhecer seu escritório. Era uma sala que ficava ao lado do seu quarto, com uma porta que dava passagem aos dois cômodos.

O ambiente mais interessante de toda a casa era o escritório de Marcos. Parecia que ela havia entrado em uma sala do futuro. Além da decoração moderna e com móveis arrojados e diferentes, tinha tudo que se pode imaginar de tecnologia: computadores, *laptops* e um painel *touch screen* enorme, que tomava uma parede inteira, com câmeras de controle de entrada e saída da casa e com todos os cômodos monitorados. Marcos explicou-lhe que eles já haviam sido assaltados algumas vezes, e, por isso, seu pai decidiu apelar para um controle total da casa. Podiam monitorar tudo, desde a garagem aos banheiros da casa, nada passaria despercebido. Além disso, tinham seguranças na casa, que só agora Júlia havia percebido pelas câmeras. Dois na entrada e mais dois no pátio dos fundos. Isso tudo deixou Júlia um pouco assustada. Havia percebido que Marcos era bastante rico, só não imaginava o quanto. Realmente, Marcos era o tipo de pessoa que não necessitava do trabalho na escola para sobreviver, o que provavelmente fazia por amor.

— Gostou da casa, Júlia? — perguntou Marcos e olhou para o painel diante deles, como se fosse um troféu.

— Sim, Marcos. É muito bonita e segura. Acho que vocês não têm o que temer — observou.

— Nem sempre é assim, Júlia. Já passamos por poucas e boas. Por isso meu pai tomou todas estas providências. Não é qualquer pessoa que posso trazer aqui — comentou e aproximou-se dela. Então, segurou suas mãos e olhou-a nos olhos.

Júlia ficou nervosa com a proximidade, mas no fundo era o que ela mais queria desde que havia chegado a Teresópolis. Ansiara por estar a sós com ele, porém, naquele momento, seu coração batia tão forte que parecia querer sair pela boca.

— Imagino que deve ser bastante difícil viver constantemente preocupado com o que possa acontecer — comentou ela, inquieta, sem saber o que dizer.

— Sim. Não imagina quanto — Marcos aproximou-se mais, com um olhar sério. Seus olhos se encontraram e Júlia não conseguiu desviar, tamanha a atração que os olhos dele exerciam sobre os dela. Seu coração disparou mais uma vez, refletindo no seu corpo que começou a tremer. Marcos segurou-a na cintura e aproximou seu rosto do dela. Tocou suavemente sua face com os lábios, passeando por sua pele, inalando seu cheiro, roçando delicadamente cada centímetro de seu rosto, até que, inevitavelmente, seus lábios se encontraram em um beijo, em princípio suave, mas logo cheio de ansiedade por ter sido tão esperado.

Foi como se o tempo tivesse parado, como se nada mais importasse, mas tão somente aquele breve e eterno momento de cumplicidade entre os dois. Júlia correspondeu com ternura, ainda sentindo seu coração acelerado, e só então pôde perceber o quanto havia desejado aquele beijo. Marcos era tudo que ela sempre quis. Ele passou os braços ao redor de sua cintura e puxou-a para mais perto. Ela levantou os braços, entrelaçando seu pescoço, facilitando seu acesso. Parecia que só eles existiam. Naquele momento, ela pôde perceber o quão forte e atlético o corpo dele era, ao sentir o contato com sua musculatura rígida e bem definida. Poderia ficar ali para sempre sentindo o homem que amava.

Subitamente, foram interrompidos pela voz de Zara, que os chamava para o almoço. Então, afastaram-se lentamente, não querendo interromper aquele momento mágico. Marcos sorriu, acariciou o rosto dela e beijou suas mãos.

– Minha mãe não gosta de esperar – deu uma piscada, tomando-a pela mão e conduzindo-a até as escadas para a sala de jantar. – Depois a gente continua – sussurrou no seu ouvido.

– Certo – concordou Júlia, sorrindo sem graça.

A mesa posta estava muito bonita e bem organizada. Parecia que esperavam uma autoridade para o almoço, tamanha a delicadeza de detalhes na arrumação. Júlia sentiu-se como uma princesa, mas ao mesmo tempo um pouco acanhada, pois observava o cuidado com que fora esperada e temia não corresponder aos anseios dos pais de Marcos. O requintado almoço ocorreu naturalmente, com a ajuda de duas empregadas que serviam. Ao final, todos foram para a sala de estar para conversar um pouco e tomar um cafezinho. O alívio maior veio quando Marcos disse aos pais que eles iriam ao cinema, e que depois levaria Júlia para casa. Assim, Júlia despediu-se dos pais de Marcos e os dois saíram de moto.

Quando chegaram ao cinema, escolheram um filme de ação e romance para agradar tanto a um quanto ao outro e entraram na sala. Escolheram um lugar bem ao fundo, onde a visão era melhor, e também onde poderiam conversar mais à vontade, se assim desejassem. Logo que sentaram, Marcos olhou para Júlia e passou o braço pelos seus ombros.

– Júlia, queria muito te dizer que não consigo parar de pensar em você. Sabe, isso tudo é muito novo para mim e, às vezes, não sei o que fazer – aproximou o rosto do ouvido dela e sussurrou: – Nunca senti por ninguém o que estou sentindo por você.

– Também é tudo novo para mim. Sabia que não conseguiria ser apenas sua amiga – ela segurou a outra mão de Marcos, que se aproximou mais e a beijou apaixonadamente.

Júlia só queria que o tempo parasse ali, naquele exato momento, pois ela também nunca havia sentido algo semelhante por alguém. Sabia que amava Marcos e não queria deixá-lo nunca mais. Se pudesse, ficaria ali com ele para sempre. E assim, enquanto o filme passava, somente parte da atenção deles era para o filme, pois estavam muito mais interessados em ser o foco um do outro.

Quando o filme acabou, Marcos levou Júlia para casa e ainda ficaram conversando, na casa de Júlia, até as 22 horas. Na hora de despedir-se, não queriam se desgrudar, mas como não havia outro jeito, tiveram que fazê-lo e Marcos partiu.

*Impossível dormir,* era só o que Júlia pensava. Como dormir com Marcos povoando seus pensamentos? Insônia na certa. Então, depois que seus pais foram dormir, Júlia resolveu levantar e andar um pouco no jardim, apesar do frio. Sentou-se na varanda e ali ficou olhando para a lua e sonhando com Marcos. Ficou ali por um longo tempo, só sonhando acordada, imaginando como seria sua vida a partir desses acontecimentos. Foi quando, de repente, viu uma sombra movendo-se entre as plantas do jardim. Olhou assustada, já imaginando o pior.

– Quem está aí? – perguntou nervosa, olhando para todos os lados.

Levantou-se, vencendo seu próprio medo, e começou a andar na direção das plantas. E eis que de trás delas sai o cachorro branco, enorme, que ela já estava acostumada a ver. Júlia olhou para ele, em princípio apreensiva, mas não teve medo e, pela primeira vez, decidiu acabar com o suspense e o chamou até ela. Abaixou-se e começou a fazer sinal, encorajando-o a aproximar-se.

– Venha, cachorro, venha até aqui. Vamos! – disse estendendo suas mãos na direção dele. O cachorro aproximou-se lentamente dela e, ao chegar bem perto, olhou-a nos olhos enquanto ela, percebendo o azul intenso de seus olhos, passou a mão em sua cabeça, sentindo que ele não era perigoso, mas ao contrário, parecia imensamente amável.

– Que lindo que você é... Por que me segue? Quem é você? – perguntou acariciando sua cabeça.

– Olá, Júlia – ela pensou ter ouvido dentro de sua cabeça. Não podia ser verdade, cachorros não falam. – Sou Zorb, seu guardião – ela continuava ouvindo o cachorro falando dentro de sua cabeça. Isso não era real. Será que havia dormido? Será que isso era um sonho? – Estou aqui para cuidar de você. Não a deixo sozinha nunca.

Desta vez, Júlia tirou a mão da cabeça do cachorro. Só podia estar ouvindo coisas. Isso não era possível.

– Não tenha medo. Você pode me ouvir, sim. Isto é telepatia – ouviu mais uma vez na sua cabeça.

– Então, posso ouvir você? Mas como? E por quê? – perguntou aflita.

– Vá para dentro de casa agora. Você precisa estar em segurança – ouviu dentro de sua cabeça novamente. – Vim aqui só para te proteger.

– Mas estou em segurança na minha casa – disse teimosamente.

– Por favor, não discuta. Apenas obedeça, pois é melhor para você. Eu preciso ir e quero ficar tranquilo sabendo que você está bem.

– Já estou indo – disse sem discutir, porque não iria adiantar nada querer discutir com um cachorro. Porém, ficou temerosa. Por que não estaria segura nem na sua própria residência?

Assim, Júlia entrou em casa, o cachorro afastou-se e correu para o portão, desaparecendo na escuridão da noite, deixando-a atordoada.

✝✝✝

Zorb correu até o portão de saída da casa de Júlia e então teletransportou-se até o escritório da casa de Marcos, que operava um aparelho de projeção holográfica. O cachorro Zorb nada mais era do que uma projeção holográfica de Marcos, em forma de cachorro. Ficara preocupado ao saber que ela estava do lado de fora sozinha, à noite.

*Ela está bem. Está dentro de casa agora e não podemos deixá-la sozinha nunca. Ela é muito importante para nós. Falei com ela por telepatia e ela conseguiu me entender. Já está preparada. Não sei se deveria ter feito isso, mas acho que já está na hora de ela saber de tudo. Amanhã contarei a ela parte da verdade, que ela deve saber,* pensou enquanto desligava o aparelho holográfico, que podia transportar a essência de uma pessoa na forma que ela quisesse. E tinha transportado Marcos, na melhor forma que encontrara de estar próximo de Júlia, sem que ela soubesse que era ele. Um inocente cachorro.

# 19

# O RESGATE

O domingo amanheceu muito nublado e frio, muito diferente do dia anterior, provavelmente por ter chovido a noite toda. Parecia que estava revoltado com o fato de ser véspera da segunda-feira. Júlia havia conseguido dormir, mas estava cansada, pois certamente seu sono não tinha sido profundo.

– Já são 8 horas? – perguntou-se surpresa, ao olhar as horas no celular, que estava na cômoda ao lado da cama.

Nem parecia, pois ainda estava tão escuro. *Culpa da neblina*, pensou pesarosa. Seu telefone ainda estava em sua mão quando tocou. Júlia atendeu imediatamente ao reconhecer o número.

– Marcos? Tudo bem, amor?

– Júlia? Que saudade! Estou aqui fora em frente à sua casa. Preciso vê-la agora.

Júlia sentou imediatamente na cama, surpresa com o aparecimento de Marcos tão cedo. Afinal, não haviam combinado nada.

– Pode me dar um minuto? Acabei de acordar. É só o tempo de trocar de roupa e escovar os dentes.

– OK, mas... não demore.

*A voz dele está estranha... Deve estar gripado*, pensou ela. Pulou da cama, lavou o rosto e escovou os dentes. Queria estar atraente para Marcos, mas a pressa de vê-lo e a surpresa do aparecimento dele tão cedo fez com que Júlia fosse rápida. Vestiu uma calça *jeans* escura e colocou uma blusa bege de mangas compridas, com um casaco azul-marinho por cima, pois estava muito frio. Percebeu que seus pais ainda dormiam, por isso andou devagar, sem fazer barulho para não acordá-los. Abriu a porta de casa e viu perto do portão um carro preto estacionado. Achou estranho não ser a caminhonete de Marcos, mas dirigiu-se para lá. Abriu o portão e viu que a porta direita do carro já estava abrindo, o que fez com que ela se apressasse para entrar e fugir do frio. Entrou, puxou a porta do carro para fechá-la e, ao olhar para o motorista, percebeu que ele estava com um casaco de capuz preto, que lhe cobria o rosto, além de estar usando uma roupa preta, cor que ela nunca havia visto Marcos usar. Achou aquilo estranho. Então, ouviu o automático do carro trancar as portas e, só assim, o capuz foi retirado e Júlia percebeu que não era Marcos.

– Saulo? – disse, surpresa e assustada. – O que você faz aqui? Você disse que era o Marcos.

– Quieta! – ele ordenou. Depois segurou as mãos de Júlia, amarrou-as e colocou uma fita adesiva em sua boca, para abafar os seus gritos. Júlia protestou com um alto gemido, revirando-se de um lado ao outro. – Quieta, já disse! Ou será pior para você – respondeu ele e deu a partida no carro, seguindo no sentido da Serra dos Órgãos.

Júlia resolveu se acalmar, pois estava imobilizada e debater-se só seria pior, pois poderia se machucar. Olhou para fora do carro e constatou que não podia ver muita coisa, em razão da forte neblina que se espalhava pela estrada, impedindo a visão da paisagem. Saulo avançou velozmente na direção da Serra dos Órgãos e entrou no portão principal do parque. Júlia, nervosa, não sabia o que pensar. O que Saulo queria? Por que estava fazendo aquilo? Lembrou-se da primeira vez em que o vira. Na verdade, ele sempre tivera más intenções com ela desde que a conheceu. Ela sabia que não podia confiar nele. Sentia muito medo, a ponto de tremer o corpo todo e acelerar seu coração.

E Marcos? Não tinha como avisá-lo, portanto desta vez ele não teria como salvá-la. Ao chegarem ao estacionamento do parque, Saulo colocou o carro em uma vaga qualquer, pois o mesmo estava vazio àquela hora. Não teriam testemunhas para o que viesse a ocorrer, e a névoa tornava o lugar ainda mais assustador. Mais do que nunca, o coração de Júlia bateu em disparada, pela agonia da espera do desconhecido. Saulo abriu a porta do carro e desceu. Sua jaqueta se deslocou e deixou à mostra uma estranha arma presa em sua calça. Saulo bateu a porta, pegou o celular e começou a falar com alguém. Júlia não conseguiu escutar o que ele dizia, mas percebeu que estava apreensivo, andando de um lado para outro, falando alto e gesticulando nervosamente. Andou mais para a frente e desapareceu na névoa, deixando-a ansiosa. O silêncio em que ficou era assustador. Depois Saulo reapareceu, ainda no celular. Com quem será que estaria falando? *Deve ser com algum cúmplice... Mas quem?* Então, desapareceu na neblina novamente.

De repente, Júlia ouviu um barulho no lado da sua janela do carro. Virou-se, assustada, e viu a pata branca do cachorro Zorb, seu guardião, que se aproximou e colocou a cara no vidro, olhando para ela. Seu coração disparou novamente, só que dessa vez de alegria. Não sabia como, mas Zorb a havia encontrado. Deu um suspiro profundo pelo alívio que brotou dentro de seu coração. Zorb estava ali para ajudá-la e certamente acharia um modo de tirá-la dali. Subitamente, a porta do outro lado do carro se abriu e Saulo entrou, assustando-a.

– Muito bem, Júlia. Vamos ter de andar um pouco e espero que você colabore, para facilitar as coisas para nós dois – tirou a chave do carro da ignição. Então, aproximou-se dela e retirou a fita adesiva de sua boca. – Quer perguntar alguma coisa antes da nossa caminhada?

– Só queria saber por que você está fazendo isso, Saulo? O que eu fiz pra você? – perguntou com um olhar apavorado, tentando ganhar tempo para ajudar Zorb.

– Não se trata do que você fez, Júlia, mas do que você irá fazer – disse ele, rindo ironicamente.

Júlia sentiu o estômago gelar, pensando no que Saulo quis dizer com aquilo. Ele saiu do carro e foi para o outro lado. Abriu a porta e puxou-a para fora, impacientemente.

– Como já disse, colabore para facilitar as coisas. Não quero usar de violência com você – completou ao virá-la no sentido da trilha da subida da serra. – Andando, mocinha.

Júlia começou a andar devagar, olhando para a frente, preocupada com a névoa. Seus olhos buscavam o cachorro. *Onde está Zorb?*, pensou ansiosa. Porém, não havia dado dez passos quando escutou um uivo muito alto, o que fez com que Saulo parasse e olhasse para os lados.

– Quem está aí? É você, Zorb? Vamos! Apareça! – desafiou Saulo em voz alta, segurando o braço de Júlia. Então, pegou uma estranha arma, que parecia um revólver prateado com botões vermelhos e começou a olhar para todos os lados.

Repentinamente, surgiu do interior da névoa um cachorro branco enorme, que pulou em cima de Saulo sem que ele tivesse tempo de fazer qualquer coisa, derrubando-o no chão. Ao cair, Saulo soltou o braço de Júlia, que rolou para o lado oposto. O cachorro olhou para Saulo, estendido ao chão, imobilizado sob suas patas e, no mesmo instante, diante dos olhos dele e de Júlia, transformou-se em um rapaz loiro vestido de branco. O rapaz segurou a mão de Saulo – a que portava a arma –, e, com um golpe certeiro e forte, lançou a arma para longe. Então, Saulo conseguiu virar-se, derrubando o rapaz para o lado direito, que rapidamente girou e pulou, levantando-se. Imediatamente lançou-se na direção de Saulo, aplicando uma chave de braço, imobilizando-o.

– Mais uma vez você aparece para estragar a minha festa, né, Zorb? – disse Saulo, com uma ferocidade que Júlia nunca havia visto. – Mas isso não ficará assim. Eu não vou desistir.

– Não há o que fazer – respondeu Zorb. – Você sabe que não pode nos atrapalhar.

Então, com um movimento rápido e brusco, Saulo conseguiu soltar-se da chave de braço, girando e saltando para longe deles. Imediatamente, correu para o carro, ligou o motor e deu a partida, fugindo da cena. Zorb permaneceu calmo, não parecendo se importar com a fuga de Saulo. Júlia, então, aproximou-se do rapaz lentamente, assustada pelo que acabara de passar. O rosto dele não estava muito definido por causa da distância e da névoa. Mas, logo que chegou mais perto percebeu que o rapaz, que também era o cachorro, era Marcos, seu namorado.

– Marcos? É você? – disse aproximando-se mais, com um misto de surpresa, medo e felicidade. – Como pode?

– Júlia, fique calma que vou te explicar tudo – disse ele calmamente. Aproximou-se mais dela e estendeu os braços, recebendo-a para um abraço apertado.

– Oh, Marcos. Tive tanto medo. Pensei que fosse você ao telefone, por isso saí de casa para falar com ele – comentou, olhando para seus belos olhos azuis, que pareciam brilhar naquela paisagem de inverno.

– Tudo bem, Júlia! – ele a apertou mais forte junto ao seu corpo. – Mas, primeiro vamos sair daqui, pois outros podem chegar a qualquer momento.

– Outros? Que outros? – Júlia olhou para ele assustada.

– Os reptilianos. Meus inimigos.

– Reptilianos? Quem são eles? – perguntou curiosa.

– Reptilianos são alienígenas... Assim como eu. Precisamos ter uma longa conversa, Júlia – declarou com seriedade.

Isso deixou Júlia mais apreensiva do que já estava. Porém, não era hora de falar sobre o assunto. Zorb segurou sua mão e a levou até sua caminhonete, que estava estacionada mais à frente, mas que não podia ser visualizada, graças à neblina.

– Vou levá-la para casa, pois seus pais vão achar estranho não te encontrar em casa logo cedo. Mais tarde venho buscá-la para conversarmos e, então, te explicarei tudo – disse e abriu a porta do carro para que ela entrasse. – Não tenha medo. Por enquanto ele não vai voltar e você estará segura em casa.

Júlia não conseguia parar de olhar para ele. Como estava lindo e atraente com aquela roupa estranha. Usava um macacão branco, moldado em seu corpo atlético, com um cinto prateado e botas brancas de cano longo. Seus cabelos loiros soltos pareciam mais compridos. Seu olhar parecia mais brilhante, com aqueles olhos tão azuis, mas... De repente, pensou: *E o cachorro? Seriam os dois a mesma criatura?*

– Marcos, você e o cachorro são o mesmo ser? – perguntou pasma.

– Não exatamente. Vamos embora daqui que depois te explico tudo – respondeu dando a partida no carro e acelerando na direção da saída do parque. Zorb levou Júlia para casa e, antes de ela descer do carro, beijou sua mão.

– Júlia, nada mudou – afirmou segurando suas mãos. – Tudo continua como antes, mas só não podemos conversar agora. Volto assim que der, para buscá-la, e então conversaremos sobre tudo isso – Beijou-a rapidamente.

– Está bem, Marcos ou... Zorb. Vou ficar te esperando ansiosamente – disse. Então, desceu do carro e entrou no portão da casa. Correu para a porta, abriu-a e, sem olhar para trás, sorrateiramente, foi para seu quarto. Por sorte seus pais ainda dormiam e não perceberam nada do que havia ocorrido.

# 20

# ZORB

Quando Zorb chegou em casa, encontrou Zara e Zig ansiosos esperando por ele, apesar de já saberem o que havia acontecido, pois acompanharam tudo pelos aparelhos de monitoramento instalados na casa e no carro dele.

– E Júlia? Ficou bem em casa? – perguntou Zara preocupada.

– Sim. Só está assustada, sem entender o que aconteceu. Vou trazê-la aqui daqui a pouco e contar-lhe tudo. Agora, mais do que nunca, ela precisa estar a par da verdade – completou.

Então, acompanhou as imagens gravadas por Zig para recapitular e entender toda a ação executada e pensar em novas estratégias. Levou certo tempo a discussão com Zig, até que Zorb percebeu que a hora havia passado, o que o fez deslocar-se apressadamente na direção de seu quarto. Entrou porta adentro e dirigiu-se para o guarda-roupa. Ao abri-lo, apertou um botão que acionou uma luz azulada e que o cobriu por inteiro, trocando sua roupa de Zorb por uma roupa comum: uma calça *jeans* azul-escuro, uma camiseta branca e ainda tênis branco com listras azuis. Desceu as escadas na direção da sala e pegou o telefone celular. Selecionou o número de Júlia e esperou que ela o atendesse.

– Júlia? Já são 11 horas. Posso buscá-la? – perguntou ansioso. – Preciso conversar com você, não dá mais pra esperar.

– Claro, Marcos. Já estou te esperando – respondeu ela, sem conseguir disfarçar a ansiedade na voz.

– Ok! Estou saindo de casa agora para te pegar. Um beijo! – desligou o telefone e respirou fundo, pronto para sair.

✝✝✝

Marcos saiu de casa na sua caminhonete e, enquanto dirigia, pensava em qual seria a melhor maneira de abordar o assunto com Júlia. Não queria assustá-la. Amava aquela garota, mesmo achando que não tinha este direito. Não deveria ter se apaixonado por ela, mas foi inevitável. A convivência e observação diária fizeram com que ele, pertencente a um povo tão mais desenvolvido, voltasse a apresentar sentimentos que seu povo há muito tempo já sabia controlar muito bem.

Ele... Não mais.

Havia perdido completamente esta capacidade. Nos últimos anos, só pensava em Júlia. À medida que crescia e tornava-se mulher, ele sentia cada vez mais necessidade de estar com ela. No início não entendia bem por que sentia aquilo, afinal para seu povo tudo era tão simples. Bastava combinar com uma pessoa, ter os mesmos gostos e os mesmos desejos, para se unirem e compartilhar uma vida inteira... Racionalmente. Era tudo prático, sem sentimentalismos. Tinha sido assim com Zara e Zig. Mas com Júlia era diferente. Sentia seu coração bater mais forte, seus olhos procuravam os dela e Zorb desejava ansiosamente tocá-la. Por isso a tinha beijado, por não conseguir mais resistir. É claro que fazia parte do plano estar próximo a ela o tempo todo, cuidar e zelar por sua segurança, afinal ele era o seu guardião. Entretanto, não estava no plano apaixonar-se por ela. Sentimento que ele, Zorb, não conhecia, mas do qual não abriria mão. Não sabia como iria lidar com isso, mas não se importava, pois queria esta vida que havia se apresentado a ele sem que pedisse. Depois que a beijara, então... Como esquecer? Não poderia... Não conseguiria. Sabia que estava perdido. Não haveria mais vida para ele sem Júlia. Teria que aprender a lidar com esse sentimento

Ao chegar à casa dela, Júlia já o esperava no portão. *Melhor*, pensou, *assim não precisarei falar com mais ninguém. Estou muito ansioso.* Este era outro sentimento que não controlava mais. Ela estava linda, naquela calça jeans preta e um pulôver verde-musgo, com detalhes em branco. Observou que Júlia usava sua Cruz das Missões em volta de seu pescoço. Sabia que ela gostava muito de seu talismã.

Júlia aproximou-se e Marcos abriu a porta do carro para que ela pudesse entrar. Assim que entrou, Marcos segurou-a pela mão, abraçou-a e beijou-a demoradamente. Podia sentir que ela correspondia com paixão, e ouvia tanto seu coração batendo quanto o de Júlia em um mesmo ritmo acelerado, pelo fato de estarem juntos.

– Júlia – disse ele, passando a mão em seus cabelos, inebriado por seu cheiro doce e suave. – Precisamos muito conversar, e tem que ser lá em casa, pois preciso te mostrar algumas coisas, para comprovar o que vou te dizer.

– Tudo bem, Marcos... Ou Zorb. Como devo chamá-lo? – questionou indecisa.

– Meu nome verdadeiro é Zorb, mas aqui sou Marcos Broz. Zorb de trás para a frente – disse sério.

– E tudo o que vivemos até agora... é tudo mentira? – perguntou-lhe aflita, apesar da recente troca de um beijo apaixonado.

– Não, Júlia. Você sabe que não é mentira – disse Zorb segurando suas mãos com força. – Sinta o meu coração. Ele pulsa por você, como jamais o fez por outra pessoa – e olhou dentro de seus olhos. Então, conduziu sua mão para que tocasse seu tórax e pudesse sentir seu coração batendo aceleradamente.

– Então, você me ama de verdade? – questionou Júlia levantando as sobrancelhas. – Eu preciso saber, pois é só isso que me importa – seu questionamento parecia significar a diferença entre a vida ou a morte.

– Nunca duvide disso. Meu amor por você é a coisa mais importante e verdadeira de minha vida – respondeu Zorb, segurando seu rosto entre suas mãos e a beijando suavemente.

– Agora vamos! Temos muito que conversar, Júlia – e virou-se para o painel. Marcos deu a partida no carro e dirigiram-se para sua casa. No princípio, não falaram muito no caminho, pois cada um pensava nos seus próprios sentimentos e em como seria daqui por diante. Marcos só pensava em como contar-lhe tudo. Havia muita coisa que ela não sabia. *Como reagiria? Será que aceitaria bem?* Afinal, tratava-se de segredos de sua origem, de sua própria identidade. Ele esperava que ela não ficasse com medo da verdade e que o aceitasse e continuasse amando-o, pois ele já não conseguiria viver sem ela. Desta vez, Marcos tomou um caminho diferente para chegar até sua casa. Parecia estar saindo da cidade e Júlia estranhou o caminho.

– Marcos, para onde está me levando? O caminho para sua casa não é esse! – perguntou-lhe, mais surpresa do que assustada.

– Confie em mim, Júlia. Este caminho é diferente e você logo entenderá o porquê – respondeu e conduziu o carro na direção de um portão enorme de ferro, que se destacava no meio de um muro de pedras muito alto, que escondia completamente o que havia no outro lado. Marcos acionou o portão com um controle remoto e o mesmo abriu-se, dando passagem ao carro.

Deslocaram-se para o interior do que parecia ser um sítio, onde havia uma estrada cercada de árvores pelos dois lados. O cheiro de mato era marcante e penetrava as narinas de Júlia, fazendo com que ela sentisse o aroma forte e gostoso daquele lugar. Parecia que adentravam uma floresta. Marcos fechou o portão automático e eles seguiram pela estrada reta. Logo fizeram uma curva à direita e penetraram em um túnel subterrâneo, muito largo e alto, camuflado pela extensa vegetação, que quase cobria a sua entrada. O túnel daria passagem, não apenas para um carro, mas para muito mais pela altura imensa e pela sua abertura. Marcos olhou para Júlia, sabendo que ela mostrava um misto de surpresa, medo e curiosidade, e sabia que muito mais viria a seguir. O túnel era longo, largo, alto e escuro, porém tornou-se bastante iluminado assim que fizeram uma curva para a esquerda. Após uns dois minutos de viagem, já se avistava o fim do túnel, que logo os lançou para uma espécie de sala gigantesca, onde Júlia visualizou, bem na área central, uma enorme aeronave. Era arredondada, metálica e brilhante, como um disco voador. Júlia olhou, atônita, para aquela aeronave, sem entender, entretanto, finalmente percebendo o que realmente poderia estar acontecendo.

Marcos estacionou a caminhonete próximo à parede lateral direita e desligou o motor do carro. Olhou para Júlia, que estava muda, porém com os olhos brilhando. Ela olhou para ele e sorriu. Ele, então, relaxou, abriu a porta do carro e desceu, contornando-o para ajudar Júlia a descer também. Ela estava eufórica e nervosa pela surpresa e emoção.

Ao descer do carro, olhou diretamente para a aeronave, inebriada pela imagem, tentando entender e acreditar no que via. Só então conseguiu quebrar o silêncio.

– Não sei por que, mas meus olhos sempre procuraram discos voadores nos céus. Jamais em minha vida eu poderia imaginar que um dia estaria tão perto de um deles – comentou espantada, ao contemplar o que, para ela, só aparecia em sonhos. – O que significa tudo isso? Vai me explicar? – olhou para Zorb, com os olhos brilhando de curiosidade.

– Foi para isso que te trouxe aqui, Júlia, para te explicar tudo – respondeu atenciosamente. – Isso que você está vendo é em uma nave exploratória. Uma nave pequena usada para aterrissar em um planeta a fim de pesquisá-lo, colher amostras e voltar para a nave mãe. Também pode ser usada como transporte até a nave mãe quando já se está instalado no planeta, o que é o meu caso.

– Seu caso? Isto significa que... Que você é um ET, ou um alienígena? – perguntou espantada.

– Sim, Júlia. Sou um alienígena. Venho do Planeta Zeta. Meu planeta fica muito distante e por isso nos instalamos aqui para poder realizar nossa missão, sem necessitar viajar tantas vezes. Estamos aqui há muito tempo, muito antes de você nascer. E nossa missão não tem prazo para terminar – replicou.

Apesar de confusa, Júlia queria saber de tudo. Que outra garota poderia estar vivendo tal experiência? Precisava saber tudo da vida de Marcos, ou Zorb... Amava-o e, o que quer que ele fosse, ou o que quer que fosse acontecer, não saberia mais viver sem ele. Ao conhecer o que pudesse sobre sua vida, seria mais fácil compartilhá-la.

– Venha comigo! – disse Marcos, que pegou sua mão e a conduziu para perto da aeronave.

Acionou o que parecia ser um controle remoto, e um feixe de luz azulada apareceu na parte da frente da nave, abrindo uma porta, que permitiu que fossem para o seu interior. A nave era bem grande internamente, com uma área central vazia e algumas cadeiras estofadas voltadas para um painel de controle cheio de luzes coloridas, em frente às janelas, que não podiam ser vistas do lado de fora. Ali, era onde os pilotos ficavam para conduzir a nave. Marcos começou a mostrar-lhe os controles e a lhe explicar para o que serviam. Depois disso, levou-a até outro compartimento onde, segundo ele, havia um teletransportador também cheio de controles. Explicou para Júlia que poderia ir para qualquer lugar do planeta em questão de segundos através daqueles aparelhos. E, assim, pegou-a pelas mãos e, juntos, ficaram em uma área demarcada por um círculo. Marcos acionou um aparelho, que mais parecia um celular, e uma luz esverdeada projetou-se em cima deles, fazendo com que fossem envoltos por um turbilhão de luzes e zumbidos estranhos, desaparecendo do interior da nave e reaparecendo em um lugar que, a princípio, Júlia custou a reconhecer, mas que lhe era muito familiar.

## 21

# RUÍNAS

    Júlia e Marcos materializaram-se em um imenso campo verdejante, onde um vento forte fazia os cabelos de Júlia esvoaçarem de um lado para outro. Suas narinas foram preenchidas por um cheiro de mato e de pedra. Ela olhou para todos os lados, girando em volta de si mesma, e reconheceu o lugar ao contemplar as ruínas de uma grande igreja.

    – Estamos no sul! – virou-se de um lado para outro novamente e levantou os braços para o alto. – Nas ruínas de São Miguel! Estive aqui com meus pais quando era criança e nunca me esqueci deste lugar – falou, embasbacada pela paisagem, que tantas vezes havia revisitado em seus sonhos. – Este lugar me traz muitas lembranças – disse ela, inebriada pela imagem das ruínas, segurando sua cruz, o seu talismã.

    – Sim, eu posso imaginar. Mas existe uma lembrança específica que eu gostaria que você tivesse – disse ele com um olhar misterioso. – Lembra-se de quando você desapareceu? O que aconteceu com você?

    – Sim – ela balançou a cabeça em concordância. – Lembro-me muito bem. Eu simplesmente sumi enquanto caminhava pelo interior da igreja... Fiquei desaparecida por algumas horas e meus pais ficaram doidos sem saber o que fazer, até que eu reapareci, ilesa.

    – Do que mais você se lembra? – perguntou ele, curioso com suas lembranças.

    Júlia concentrou-se, parecia buscar no fundo de sua memória as imagens há muito adormecidas, no interior de seu cérebro. Elas estavam lá. Virou-se na direção das ruínas e começou a andar, até atingir a entrada principal. O lugar estava cheio de turistas, que também andavam pelas ruínas, curiosos com sua exuberância. Caminhou por entre as paredes altas e rústicas, onde se via os tijolos marrons e se ouvia o som do vento, que uivava entre elas. Ainda podia sentir o seu frescor e força ao fazer seus cabelos esvoaçarem. Inalou profundamente, sentindo o cheiro do passado. Então, como se resgatada do fundo de suas mais secretas lembranças, apesar do barulho de conversa das pessoas, uma imagem surgiu em sua cabeça.

– O índio loiro! – subitamente gritou. – Lembrei do rapaz que eu chamei de índio loiro – e franziu a testa, como se espremesse o cérebro para resgatar as imagens. – Ele era muito alto e tinha cabelos compridos e loiros, e ainda usava uma roupa branca, tipo macacão, que refletia muitas cores. Por isso pensei que fosse um índio. Ele me chamou para perto dele – ela olhou para Marcos e ficou muda, repentinamente compreendendo o que acabara de se lembrar. – Era você... Sim, era você Zorb. Mas, como? Eu era uma criança e você já era um rapaz.

– Não tão rapaz assim – riu ele. – Você tinha 7 anos e eu tinha 13. Já era bastante alto, mas ainda bem jovem. No meu planeta, atingimos a nossa estatura cedo. Aos 13 anos já tinha a mesma altura que tenho hoje, só meu rosto mostrava uma aparência mais jovem.

– O que você fazia aqui? Como podia ser você? – indagou ela, sufocando de ansiedade.

– Desde que você nasceu foi monitorada de dia e noite pelo meu povo. A partir dos seus 5 anos, fui escolhido para ser o seu guardião. Eu cuidava de você de longe, sem me aproximar. Você não me via, mas eu olhava você sempre e acompanhei seu crescimento. Naquele dia, observava você correndo e distraindo-se com tudo o que estava à sua volta. Você era uma menina linda e muito esperta. Então, recebi a missão de te levar até a nave, para que pudessem te examinar e ver como você estava. Aproximei-me de você e me fiz notar, o que logo te chamou a atenção.

– Sim. Lembro-me de que disse para minha mãe que havia visto um índio loiro – confirmou Júlia, rindo de sua ingenuidade. – Mas o que você fez comigo que eu fiquei sumida por umas seis horas? – olhou para ele, cruzando os braços interrogativamente.

– Precisávamos saber se tudo estava bem com você. Então, eu te abduzi, ou seja, te fiz dormir e te teletransportei para o interior de uma nave de pesquisa. É uma nave especial com uma equipe de médicos, que fizeram um exame completo em você.

Então, Marcos aproximou-se mais dela e segurou suas mãos.

– Júlia, você tem um tipo de *chip*, que foi implantado no interior do seu crânio naquele dia, que nos ajuda a te monitorar em tempo integral.

Júlia soltou suas mãos bruscamente, amedrontada, e afastou-se dele. Virou-se de costas e olhou para o horizonte, sentindo seus olhos marejados de tristeza. Depois, tornou a virar-se para Marcos, com um olhar melancólico.

– Como permitiu que fizessem isso comigo? Não me disse que é meu guardião?

Marcos aproximou-se dela novamente e segurou seu queixo, levantando-o para que ela pudesse olhar para ele.

– Eu nunca deixaria que nenhum mal te acontecesse, Júlia. Fizemos isso para sua própria proteção – e acariciou sua face delicadamente, enquanto falava. – O *chip* nos diz sempre onde você está, e o que está fazendo. Mas, quando você está em perigo e uma descarga de adrenalina é lançada no seu organismo, um alarme dispara no nosso sistema e verificamos o que está acontecendo com você, naquele exato momento. O *chip* não te faz mal algum e pode ser removido rapidamente, a qualquer momento – respirou fundo, ainda explicando. – Como acha que cheguei até você nas duas vezes que Saulo tentou te levar? O alarme disparou pelo seu estado de apreensão e eu me transportei até você. Na primeira vez eu estava por perto, lá na festa, quando você me "conheceu", por isso não precisei do alarme. Mas, na segunda tentativa, se não fosse o alarme, não sei se eu chegaria a tempo.

Júlia respirou fundo para conseguir absorver melhor tudo o que Marcos lhe dizia. Mil imagens passavam por sua cabeça, em um turbilhão de questionamentos.

– E Saulo? Também é um alienígena? – indagou de supetão.

– Sim – Zorb confirmou. – Como já te disse, ele é um reptiliano. Somos inimigos mortais. Seu planeta não é muito distante do meu e já fomos invadidos por eles. Esta é outra história que tenho que te contar com detalhes. Mas, primeiro, vamos falar da sua história. Venha, vamos achar um lugar confortável para conversarmos – pegou Júlia pelo braço e a conduziu até a sombra de uma árvore frondosa, que ficava na parte dos fundos das ruínas da igreja. Precisavam de um lugar quieto, pois os turistas que ali se encontravam faziam muito barulho, andando de um lado para outro, conversando e comentando a beleza e o mistério daquele lugar.

A árvore era enorme e subia a perder de vista, parecendo querer chegar ao céu. Transmitia paz e tranquilidade, além de doar uma sombra fresca e aconchegante. Sentaram-se lado a lado nas suas raízes, que emergiam das entranhas da terra, como se fossem bancos em um jardim. Então, Zorb olhou para Júlia, segurou suas mãos e beijou-as com carinho.

– Júlia, você precisa saber que também faz parte de toda essa história. Por isso a protegemos. Você é o resultado de todos os nossos estudos e pesquisas, pois uma parte de você também é alienígena.

## 22

# A ORIGEM

– Como assim, alienígena? Está tentando me dizer que não sou deste planeta também? – perguntou Júlia assustada.

– Não é bem assim, Júlia – Marcos apertou suas mãos ao encarar seu olhar questionador. – É melhor eu começar do início. Parece redundante, mas... tem que ser assim – então, acomodou-se melhor, preparando-se para a longa história que teria que contar. – Tudo começou muitos anos atrás, quando nosso planeta Zeta foi invadido pelos reptilianos... – ele olhava para Júlia enquanto explicava. – A raça alienígena da qual Saulo faz parte. Eles viviam num planeta muito próximo ao nosso, o planeta Rode, mas com condições de vida completamente diferentes. Seu planeta era mais quente, o que lhes facilitava a vida, uma vez que seus corpos precisam de mais calor para manter o equilíbrio. Eles são seres fortes, que têm reflexos muito rápidos e conseguem ficar muito tempo embaixo da água, características semelhantes aos répteis de seu planeta, o que fez com que fossem identificados aqui como reptilianos.

Júlia olhou para ele surpresa.

– Como assim... aqui? Sabem da existência deles e de vocês também? – indagou.

– Sim. Não é nenhuma novidade para os dirigentes deste planeta a nossa existência, muito embora não permitam que essa notícia chegue à população. Mas... Vamos continuar – ajeitou-se novamente no local onde estava sentado. – Meu povo é conhecido por vocês como os nórdicos, pela nossa semelhança com alguns de vocês que são loiros e muito brancos. Somos assim porque no nosso planeta a temperatura sempre foi mais baixa, semelhante aos lugares frios aqui do seu planeta. Somos muito semelhantes a vocês, corporeamente falando, pois temos a mesma temperatura e corpos muito parecidos, mas somos mais fortes, altos e aprendemos a controlar nossos sentimentos de uma maneira muito racional. Quando os reptilianos invadiram nosso planeta, ficamos sem entender o propósito, uma vez que nosso planeta era muito diferente do deles. Entretanto, mais tarde, descobrimos que eles queriam nossos recursos minerais, que se encontravam em abundância em nossas florestas e montanhas, especialmente os capazes de produzir, ou conduzir, calor como o ouro. Queriam também nossa água, que era abundante no planeta. A guerra foi feia. Não estávamos preparados para ela. Somos um povo racional e pacífico por natureza. Sempre prontos para trabalhar, pesquisar novas descobertas e meditar pacificamente. Esta era a nossa rotina. Mesmo sem conhecer muito sobre guerras, tivemos que aprender a nos defender e lutar. Lutamos bravamente por nossos recursos e nossa gente. Entretanto, muitos morreram e, em princípio, alguns foram levados como escravos para o planeta dos reptilianos.

A reconstrução do que foi destruído e a recuperação dos escravizados levou anos. Eles levaram muito de nossos recursos, porém nos ensinaram uma terrível lição: que, infelizmente, precisamos estar sempre prontos para lutar. Isso fez com que criássemos forças de guerra para nossa defesa. Não apenas de nosso planeta, mas também de quem precisasse, pois sabíamos que eles não desistiriam nunca e que nosso planeta não seria o único. Mais tarde descobrimos que eles tinham a intenção de buscar recursos minerais em outros planetas. Criamos, então, a *Ordem dos Cavaleiros Estelares,* com o objetivo de ajudar e proteger quem precisasse de nós. Faço parte das nossas forças de defesa. Sou Zorb, o Cavaleiro Estelar da Ordem Primeira de Zeta. Fui enviado para seu planeta com objetivos bem definidos: protegê-lo, mas especificamente para ser o seu guardião.

– Guardião? Por que você é meu guardião? Preciso de um? Realmente não sei o que dizer. Nunca poderia imaginar uma história dessas – Júlia olhava para o horizonte, pensativa e silenciosa... Então, voltou-se para ele. – Mas, Zorb? O que realmente tudo isso tem a ver comigo?

– Chegamos aqui na Terra muito tempo atrás. Logo após a reconstrução de nosso planeta, descobrimos que vocês seriam o próximo alvo deles, na busca por mais recursos minerais. Então, resolvemos antecipar tudo, pesquisando vocês primeiro, verificando as suas fraquezas e forças. Por meio de estudos da genética, descobrimos que a combinação dos nossos genes com os de vocês resultaria numa raça mais forte e melhoraria tanto nossa espécie quanto a de vocês. Nossos ancestrais não resistiram e resolveram fazer a experiência. E é aí que você entra, Júlia. Seus avós maternos, José e Maria, foram escolhidos para a primeira modificação. Embora você não saiba disso, Maria era uma de nós. Ela conheceu José, que se apaixonou por ela e juntos formaram o primeiro casal de nossa experiência a ter uma união interplanetária e testar a união das raças para ver o resultado. Assim nasceu sua mãe, Vitória, uma híbrida. Porém, Vitória sabe muito pouco a respeito disso, pois tudo foi mantido no mais completo sigilo para que o experimento pudesse transcorrer bem, sem interferências. Sua mãe foi monitorada ao longo de sua existência, para que encontrasse alguém, também híbrido, e assim a experiência se completasse. Seu pai também é filho de um alienígena e uma humana, Diva e João, o segundo casal a fazer parte da experiência, mas ele também desconhece o fato. Os dois são pessoas especiais que têm percepções diferenciadas sobre a vida. E você, Júlia... Você é o resultado da união de dois híbridos, com o melhor de cada raça. Nós cuidamos para que assim fosse feita a seleção. E eu, ainda muito jovem, fui designado para cuidar de você. Monitoro você desde que tinha 5 anos. Tenho de cuidar para que tudo corra bem para você, sempre. Por isso sou o seu guardião.

Júlia estava pasma. Não sabia o que pensar daquilo tudo. Não era quem pensava que fosse. Tudo havia mudado. E agora? Como iria viver sabendo disso. Nada mais seria como antes. Seus próprios pais seriam sabedores de alguma coisa? Será que pelo menos desconfiavam? E Zorb, que ela já amava tanto. O que ela significava para ele? Apenas um experimento? A garota selecionada para ele monitorar. Seria só isso? Zorb continuou:

– Tenho estado próximo a você desde sua mais tenra idade. Muitas vezes assumi a forma holográfica de um cachorro, para poder me aproximar de você. O cachorro que você ultimamente tem visto. Era o único modo de chegar perto, sem te assustar. Cachorros são muito amados aqui no seu planeta.

– Isso explica de onde vem o cachorro que eu não conseguia entender. Mas... Como pode? Você se transforma num cachorro?

– Não exatamente. Com a tecnologia avançada que temos, podemos projetar nossa essência vital através de uma imagem holográfica programada. É como se fôssemos um, dividido em dois. Ficamos interligados e podemos assumir qualquer uma das formas no momento em que quisermos. Como sabia que cachorros não te assustariam, projetava-me como tal, aproximando-me de você para te ajudar quando necessário.

– Estou sem palavras... Parece ficção científica... Na verdade, não sei mais quem eu realmente sou – concluiu pensativa. – Mas, e Saulo? O que ele quer comigo? Por que me persegue e quer me raptar?

– O nome dele, na verdade, é Ret. Faz parte da guarda real do planeta Rode. Quando descobriram que havíamos feito pesquisas e que tínhamos uma híbrida selecionada, decidiram pegar você para estudar as modificações do seu organismo. Ele foi designado para raptá-la sem chamar muito a atenção, o que creio que não tem conseguido fazer, pois já é a segunda tentativa que eu o impeço de concretizar – disse ao sorrir e retirar uma mecha de cabelo da testa de Júlia, que lhe cobria o rosto, levada pelo vento, deixando-a muito atraente.

– Não sei o que dizer... Estou muito surpresa e assustada com tudo isso – ela olhou para ele, com os olhos cheios de lágrimas que insistiam em cair. – Não sei mais quem eu sou... E você? O que eu represento para você? Apenas o resultado de uma experiência bem-sucedida e que tem que ser monitorada? Tudo que você me disse nos últimos dias foi pura mentira?

– Júlia! Esqueceu o que conversamos? Meu amor por você é a coisa mais séria da minha existência. Não posso mais ficar sem você. Você é minha vida – ele tomou seu rosto com as mãos em concha e beijou seus lábios, carinhosamente. – Não era para ter acontecido isso. Fui designado para monitorar você dia e noite. Era minha missão. Como somos uma raça, que ao longo de anos aprendeu a controlar os sentimentos, isso não estava previsto. Acontece que o fato de seguir você diariamente, desde que você era criança, ver o que você via, sentir o que você sentia e até observar seu choro e seu sorriso, fez com que algo mudasse dentro de mim. Meus amigos diziam que eu não era mais o mesmo. Que algo havia acontecido comigo. Com o tempo, eu sentia cada vez mais a sua falta. Ficar longe de você me doía... Era algo que eu não conhecia. Então, minha mãe, que é uma pessoa muito observadora, percebeu o que estava acontecendo. Disse-me que isso, que eu sentia, era o que os humanos chamavam de amor. Um sentimento que para ela era primitivo, pois escravizava a pessoa, gerando uma dependência. Mas eu não me importava se era primitivo, pois eu o sentia. Eu precisava de você. Mas, você só percebeu minha existência recentemente, quando decidi me mostrar e descobrir se você também poderia me amar.

Neste momento, Júlia calou sua voz com um beijo apaixonado, radiante diante da felicidade de saber que ele não havia mentido. Zorb correspondeu apaixonadamente, sentindo o corpo de Júlia tremer em seus braços. Poderiam ficar assim para sempre, unidos em um abraço apertado. As descobertas eram muitas para aquele breve momento, porém extremamente significativas. E tudo estava apenas começado.

Então, Zorb olhou para ela, sem desejar soltá-la.

– Precisamos voltar, Júlia. Ainda tenho muita coisa para te mostrar e não sei se haverá tempo. Sei que você precisa estar cedo em casa, para voltar para o Rio com seus pais – disse ao levantar-se, puxando-a pela mão, procurando um lugar discreto para fazer o teletransporte.

– Espere, Zorb. Responda-me uma coisa antes de partirmos: por que vocês escolheram este lugar, no sul, para nos contatar? Foi por causa de meus avós maternos, que viviam aqui? Ou existe outro motivo?

– Na verdade, este foi o primeiro contato de meu povo com os terráqueos. Precisavam escolher uma região pacata e organizada para desenvolver os projetos e, nesta região indígena, aqui no sul, havia os índios guaranis. Eles representavam um grupo puro e intocado, um povo perfeito para as primeiras experiências. Os índios guaranis eram fortes guerreiros, que sabiam defender suas terras. Não é por acaso que o Pórtico da cidade traz a frase *Co yvy oguereco yara*, que significa *Esta terra tem dono*, brado heroico do lendário guerreiro *Sepé Tiaraju*, que resistiu bravamente à guerra guaranítica. Eles, que tanto lutaram e defenderam sua gente, nos receberam em paz e nos trataram como deuses, ou mesmo como anjos loiros, conforme os padres lhes ensinavam. Era muito difícil explicar para eles o que realmente somos, pois ia muito além de seu entendimento. Se você analisar a história deste povo, verá muitas lendas baseadas em deuses brancos, que desciam dos céus, trazendo mensagens e cura para doenças que eles não sabiam como lidar. Foi o que fizemos. Trouxemos-lhes cura e alívio para suas dores. Portanto, tínhamos uma relação muito boa com este povo e, ao fazermos nossas experiências, não lhes causávamos mal algum.

– Então, eles os tinham como deuses? Isso explica muitas lendas indígenas – raciocinou Júlia.

– No entanto, não ficávamos aqui sempre, pois colhíamos amostras e partíamos para a nossa base lunar, para desenvolver os experimentos. Não tínhamos contato com os jesuítas para não atrapalhar a relação de organização que eles trouxeram para a aldeia. Certa vez, ao chegarmos, encontramos um povo assustado e nos pedindo socorro contra M'Boiguaçu, a Cobra Grande em tupi-guarani. Contaram-nos que uma cobra enorme veio morar na torre da igreja e se escondia em suas galerias e túneis. Os jesuítas haviam instituído uma relação com o sino da Igreja, que regulava a vida na aldeia, todos os compromissos eram marcados pelas badaladas do sino. A partir das seis horas da manhã, o sino tocava. Inclusive nas ocasiões especiais e horas de perigo as mulheres tinham ordens de pegar as crianças e se reunir dentro da igreja, o lugar mais seguro, santo e inviolável de todos. Como a Cobra Grande estava bem perto, na torre e com fome, ela simplesmente escolhia uma das crianças, pegava-a e, segundo eles, a devorava. Nem os jesuítas conseguiam explicar o que estava acontecendo.

– E o que era? Algum monstro escondido na torre? – perguntou Júlia, aflita.

– Resolvemos pesquisar o que estava acontecendo para acalmar aquele povo. E qual foi a nossa surpresa? Reptilianos sequestrando criancinhas indígenas para suas experiências. A Cobra Grande nada mais era do que uma de suas naves pequenas de pesquisa, que aparecia na parte mais alta da torre e, como era verde, metálica e em forma de charuto comprido, lembrava uma cobra. A nave aparecia quando sabia que as mulheres estavam reunidas com suas crianças, escolhia uma e a levava para seu interior, puxando-a com seu raio verde.

– Que história arrepiante. Pobres índios, que não tinham como se defender. Mas vocês os ajudaram? – perguntou interessada.

– Sim. Certo dia, nós aparecemos no momento em que uma criança seria levada e os botamos pra correr. Na verdade, eles não estavam instalados aqui e, com certeza, encontraram outro lugar para seguir com suas experiências.

– Quantas lendas terão um fundo de verdade... – observou Júlia, pensativa. – A propósito, carrego sempre comigo esta Cruz das Missões – segurou-a, mostrando para ele. – Achei muito interessante revê-la em tamanho maior na entrada das ruínas. Existe algum significado para ela além do religioso, aqui da região? Por que me sinto tão ligada a ela?

– Sim, existe – respondeu Zorb. – Ela é um símbolo muito importante em meu planeta. Quando meu povo chegou, achou muito interessante este símbolo também existir aqui, provando o caráter universal da simbologia. O que vocês chamam de Cruz das Missões, no meu planeta é chamado de Cruz de Zeta. Esta cruz é um símbolo universal que tem dois braços, pois representa a dualidade em que todo ser vivo se encontra. Qualquer ser vivo está envolto por duas situações: o bem e o mal. Ele pode escolher com qual deseja viver, e aquela que ele escolher lhe envolverá duplamente. Se escolher o bem, sua fé será redobrada para realizar o bem no seu apogeu. Assim como se escolher o mal, sua maldade atingirá o extremo. Por isso, este símbolo é tão importante para nós, uma vez que nos mostra a escolha sempre presente, diante de nossos olhos.

Júlia apertou sua cruz, sentindo toda importância daquele símbolo e entendendo que não era em vão que ela tanto gostava de seu talismã.

– Júlia. Precisamos ir – disse ele mais uma vez e segurou sua mão.

Então, caminharam para o outro lado da árvore, onde não havia ninguém, e deram-se as mãos. Zorb acionou novamente o aparelho semelhante ao celular e, imediatamente, sentiram a presença das luzes e do zumbido, que os levou de volta ao interior da nave, fazendo-os desaparecer. Naquele exato momento, um grupo de turistas passou pelo local, completamente alheio ao que acabara de acontecer.

# 23

# EXPLICAÇÕES

– De volta para casa, num piscar de olhos! – Júlia respirou profundamente, sorriu e olhou para Zorb com carinho. – E agora?

– Agora venha comigo, vamos para o interior da casa – e conduziu-a para uma escada que saía do primeiro andar subterrâneo para o andar de cima, ainda subterrâneo, onde ficava a garagem da casa que ela já conhecia. Subiram apressadamente, as duas escadas e encaminharam-se para a varanda, onde Zara e Zig já os esperavam. Júlia ficou desconcertada. Não sabia o que dizer. Mal havia conhecido os pais de Marcos e agora sabia que eram, na verdade, os pais de Zorb, e alienígenas como ele. Zig logo se aproximou e, com um sorriso amistoso, olhou para ela.

– Júlia. Não fique apreensiva. Estamos aqui para tranquilizá-la. Não tenha medo nem de nós, nem do que representamos. Você faz parte de tudo isso.

– Eu sei. Só estou tentando encarar tudo isso com calma. Não pode ser de outra maneira – comentou ela.

Zara também aproximou-se e apoiou as mãos nos ombros de Júlia:

– Estamos mais aliviados que agora você já sabe de tudo – assentiu com a cabeça.

– Na verdade, quero saber muito mais. Há ainda muito a ser esclarecido e eu... Eu preciso saber de tudo. Não sei mais quem eu sou... Não sou totalmente humana, mas também não sou uma alienígena completa. O que sou, então? – indagou e elevou sua cabeça e seus braços para o alto, como que esperando uma resposta imediata, para solucionar toda confusão que habitava sua cabeça.

– Calma, Júlia. Com o tempo, temos certeza de que compreenderá tudo o que foi feito e nos ajudará a solucionar os problemas dos dois povos. Você, mais do que ninguém, conseguirá sentir assim – concluiu Zorb e a conduziu até a sala de visitas. Então, apertou um pequeno botão na parede lateral esquerda, que abriu-se, revelando um painel de controles e um mapa estelar imenso, que ocupava a mesma parede por completo.

– Aqui! – apontou com o dedo indicador para a extremidade direita do mapa. – É onde se localiza Zeta, o nosso planeta. E aqui – apontou novamente para o mapa, só que desta vez para a extremidade esquerda – é onde fica a Terra. Estamos há anos-luz de seu planeta. Entretanto, existe um atalho, que os cientistas da Terra chamam de Buraco de Minhoca, que nos permite chegar aqui em questão de dias. Por isso, ficou fácil viajar e dar prosseguimento ao plano que foi traçado pelos nossos ancestrais. Além disso, temos uma base na Lua, seu satélite natural e uma nave mãe em órbita do seu planeta, que nos permite viajar com rapidez, quando necessário.

– Esta nave mãe não corre o risco de ser visualizada, tanto pelos humanos quanto pelos reptilianos? – questionou Júlia.

– Não. Pois, se encontra camuflada contra qualquer detector de seu planeta ou dos reptilianos. Como disse a você, meu povo teve que aprender a se defender e nossa tecnologia nos ajudou muito. Desenvolvemos muitos recursos que nos permitem defesa, sem que precisemos destruir a vida. Só o fazemos quando é estritamente necessário.

Zorb ainda falou muito sobre o espaço, explicando para Júlia as localizações, tempo de viagem, e tipos de naves para cada distância. Explicou ainda o sistema de propulsão das naves que eles utilizavam. Ficaram conversando e analisando as situações quando Zorb percebeu que já estava na hora de levar Júlia para casa, pois ela ainda iria voltar para o Rio com os pais.

– Preciso levá-la para casa, Júlia. Já são 12h30. Ainda há muito a ser contado, mas ficará para outra hora – comentou e acionou o botão novamente, que recolheu o painel e o mapa, fechando a parede.

– Não sem antes almoçar – interrompeu Zara, preocupada com o horário. – Júlia precisa se alimentar bem. Preparo tudo rapidinho.

— As mulheres de ambos os planetas não são diferentes. Estão sempre preocupadas com o estômago – observou Zig.

E, como em um passe de mágica, Zara simplesmente apertou um controle na direção da mesa e uma luz azulada a cobriu, fazendo aparecer instantaneamente pratos, talheres, copos e alimentos dispostos elegantemente como em um banquete.

— Venham – disse ela. – Já está tudo pronto – e sorriu, satisfeita pela rapidez com que tudo havia sido arrumado. Todos se acomodaram e usufruíram do maravilhoso almoço disposto à mesa. Júlia ficou encantada com a facilidade e velocidade com que tudo se fez.

Após o almoço, ela se despediu de Zara e Zig, e voltou para o andar subterrâneo com Zorb, onde a caminhonete estava estacionada. Dirigiram-se para a cidade pelo túnel subterrâneo por onde haviam entrado, o que permitiu que ela revisse o caminho tão interessante. Assim que chegaram à casa de Júlia, Zorb desceu da caminhonete e abriu a porta para ela.

— Nos vemos amanhã na escola, então? – perguntou ele.

Júlia aproximou-se mais e abraçou-o demoradamente, escondendo seu rosto em seu peito, sendo correspondida no mesmo instante por ele, que a abraçou ternamente.

— Júlia, tudo bem? – e levantou seu rosto pelo queixo, para que pudesse olhá-la nos olhos.

— Sim... E não. A ficha ainda não caiu. Não sei o que vou dizer ou perguntar para meus pais. Estou muito confusa! – confessou com o coração acelerado.

— Por favor, não fique assim – disse Zorb, segurando-a nos ombros e olhando-a nos olhos. – Você deve agir normalmente. Não conte nada a eles, não faça perguntas e não demonstre ansiedade para que não fiquem preocupados. Também não tenha medo dos reptilianos, pois estaremos monitorando você com o dobro do cuidado. Nada de mal te acontecerá. Lembre-se do *chip* – e abraçou-a carinhosamente outra vez. – Sempre sei onde você está. É assim que funciona. E, acima de tudo, não se esqueça de que eu te amo. Não vou deixar que corra perigo. Confie em mim – e beijou-a demoradamente, tentando comprovar o que havia dito através daquele beijo apaixonado e cheio de ansiedade.

Júlia agarrou-se a ele como se não quisesse deixá-lo ir, nunca mais. Sabia que tudo havia mudado. Não era mais a garota pacata, inocente e tranquila, que levava a vida despretensiosamente. Como agiria com seus pais? E na escola, como seria? Contaria alguma coisa para Mariana? E Saulo? Como agiria com ele? Na verdade, tinha muito em que pensar e decidir. Zorb ainda acariciou seu rosto, beijando sua testa ao enroscar seus dedos em seus cabelos. Despediu-se e partiu acenando um "até logo", que ela não queria dar, até desaparecer na esquina.

Júlia entrou em casa e, ao olhar sua mãe, sentiu uma sensação estranha. Será que ela não sabia que era híbrida e que era filha de uma alienígena? E seu pai? E ela não podia, pelo menos não devia, dizer nada. Não ainda.

A viagem de volta para a capital foi rápida para Júlia, que ora dormiu, ora fingiu estar dormindo, durante todo o percurso. Não queria conversar, nem pensar e assim o tempo passaria mais rápido, pelo menos para ela. Mas, como seria na escola no dia seguinte?

# 24

# VOLTA À ESCOLA

Certamente aquele dia na escola não seria como costumava ser. Não para Júlia. Saiu cedo de casa, como sempre aproveitando a carona da mãe, mas estava quieta, silenciosa e pensativa.

– Está tudo bem, Júlia? – perguntou Vitória ainda ao volante na direção da escola. – Estou te achando calada demais? Algum problema entre você e o Marcos? – perguntou, preocupada de ser indiscreta.

– Não, mãe. Está tudo bem. Só estou preocupada porque... acho que me esqueci de fazer um trabalho que tinha que ser entregue hoje – respondeu e desconversou, pensando em como o sexto sentido das mães era infalível.

– Tem de ser mais cuidadosa, Júlia. Um passeio não justifica o esquecimento de um trabalho que poderá te prejudicar nas notas – observou preocupada.

– Sei disso, mãe. Mas agora terei que administrar isso – respondeu, louca para sair de dentro do carro, uma vez que já estavam chegando. – Tchau, mãe!

– Tchau, filha! Te vejo na volta. Beijos – e saiu acenando para Júlia.

Júlia estranhou Mariana não estar na entrada, esperando por ela. Resolveu aguardá-la e sentou-se no banco do jardim. Ouvia músicas no iPhone e acabou assustando-se quando a amiga apareceu de repente, atrás dela.

– Mariana! Assim você me mata de susto! – gritou irritada.

– Ora, Júlia, o que houve? Está muito assustada hein? – disse irônica.

– Vamos logo para a sala de aula. Depois a gente conversa. Preciso te contar algumas coisas.

– Aconteceu alguma coisa séria? Estou te achando muito esquisita – indagou a amiga, elevando as sobrancelhas.

– Não, Mariana. Não é nada sério. Só não quero falar agora.

– Não estou gostando disso. Você está muito misteriosa e assustada. E eu curiosa. Não sei se vou aguentar até o intervalo – comentou ansiosa.

– Calma, Mariana! Não é nada de mais – despistou Júlia.

Então, as duas dirigiram-se para a sala de aula. Júlia só pensava em como encarar Saulo agora que sabia de tudo, e, ainda mais, depois da tentativa de rapto. Não seria nada fácil. O que também não seria fácil era o fato de ter que aturar dois tempos de matemática. Mas ela suportaria corajosamente, afinal isto seria o menor dos problemas. Saulo não apareceu na escola, o que já era esperado. *Acho que ele também não quer me ver hoje... Pelo menos, hoje. Deve estar juntando forças para uma nova investida,* pensou.

Assim, as aulas de matemática fluíram bem, e também o tempo de literatura. Quando o sinal tocou para o intervalo, Júlia sentiu um alívio muito grande. Agora poderia relaxar um pouco e aguardar por Zorb. Não, não poderia chamá-lo assim. Teria de chamá-lo de Marcos. Não podia se esquecer disso. Seria um erro imperdoável e poderia deixá-lo em uma situação complicada. Pegou a carteira para comprar um lanche e saiu da sala com Mariana, em direção a cantina. Já na fila, Mariana começou a perturbá-la.

– E aí? Vai me contar agora? – e colocou as mãos na cintura, como se estivesse exigindo um comunicado urgente.

– Eu e o Marcos estamos namorando – cochichou Júlia.

– Namorando? – Mariana falou em voz alta, chamando a atenção das pessoas da fila.

– Cala a boca, Mariana! – cochichou Júlia novamente.

– Ah! Tá de brincadeira, Júlia? – Riu alto, tentando disfarçar a euforia. – Mas, como foi isso? Me conta tudo agora – gesticulou.

– Já te conto – prometeu ela, aproximando-se do balcão. – Por favor, um suco de uva e um pastel de forno de palmito.

— O mesmo para mim — disse Mariana, sem querer raciocinar.

Pegaram seus lanches e dirigiram-se para o único banco do jardim ainda vazio. *Ainda bem que é o mais distante*, pensou Júlia. *Assim, ninguém indesejável se aproximará*. Sentaram-se, começaram o lanche e Mariana, que não conseguia se conter, queria saber todos os detalhes do namoro.

— Não há muito o que te contar, Mariana. Almocei na casa dele, fomos ao cinema e aí aconteceu. Nos beijamos e percebemos que estávamos apaixonados, o que nos levou a querer namorar — disse sucintamente e encheu a boca com o pastel de forno e um gole do suco.

— Estou muito feliz por você, amiga — Mariana sorriu, segurando a mão de Júlia. — Mas, não estou te achando muito entusiasmada. Algum problema? Você não me parece feliz, quando deveria estar radiante — e pegou o suco e deu um longo gole para hidratar a garganta, que já estava seca de tanto falar.

— Não é isso, Mariana. Na verdade, só estou nervosa. Ainda não sei como devo me comportar aqui na escola. Estou com um frio na barriga que não consigo deixar de sentir. — Tentou evitar chamar atenção para suas verdadeiras preocupações.

— Ora, Júlia! Tudo vai dar certo. Aqui você só tem de agir como aluna dele, mais nada. Lá fora é outra situação. Ainda mais que vocês já se conheciam — Mariana piscou, feliz ao abocanhar seu pastel, em seguida fez uma careta feia de nojo. — É de palmito? Mas, eu detesto palmito. Como comprei esse pastel?

— Bem, eu pedi de palmito e você pediu o mesmo. Não escutou quando eu falei que era de palmito? — perguntou Júlia, finalmente relaxando, rindo pra valer.

— Nem percebi — respondeu Mariana irritada. — Vou jogar este pastel fora e tomar só o suco de uva. Não estou com fome mesmo.

— Não jogue fora nada. Me dá ele aqui. Sabe que eu adoro palmito — Júlia riu, feliz por ter desviado do assunto namoro.

O sinal do fim do intervalo tocou.

— Mas já? Não deu tempo nem para terminar de comer — protestou Júlia, já no segundo pastel. O nervosismo acabou lhe dando fome e foi fácil descontar nos dois pastéis. *Ainda bem que são pastéis de forno, e não fritura*, pensou e sentiu-se menos culpada por comer além do que devia.

As duas levantaram-se e dirigiram-se para a sala de aula. Quando chegaram à sala, Marcos já se encontrava lá e cumprimentou-as, sorridente. Os alunos foram chegando e se esparramando nas carteiras. Marcos fez a chamada oralmente e, ao dizer o nome de Saulo, vasculhou a sala com os olhos, confirmando sua ausência. A aula fluiu bem, sem maiores problemas, apenas ouvia-se os suspiros e comentários sussurrados pelas meninas, encantadas como sempre, pelo professor gato. Ao término da aula, Júlia pegou seu material e despediu-se de Marcos. Depois, dirigiu-se para fora da sala com Mariana. Evitou falar muito com ele para não dar bandeira. Não poderia correr o risco de derreter-se só de olhar para aqueles olhos tão azuis.

Foi para casa de carona com a mãe de Mariana e, logo que chegou, foi para o quarto e ligou o computador. Apesar de já haver verificado alguns *e-mails* e o Facebook no iPhone, quando estava em casa gostava de usar o computador, por conta da tela maior. Deixou-o ligado, carregando, enquanto tomava banho e trocava de roupa para almoçar. Estava quente e decidiu colocar um short de *jeans* e uma camiseta regata branca para ficar à vontade em casa. Assim que abriu a caixa de entrada dos *e-mails*, verificou que havia mais mensagens. Havia um *e-mail* do Fernando, que tinha sido postado na sexta-feira e que ela ainda não tinha visto. Também, com tantas coisas para pensar, ele acabou caindo no esquecimento.

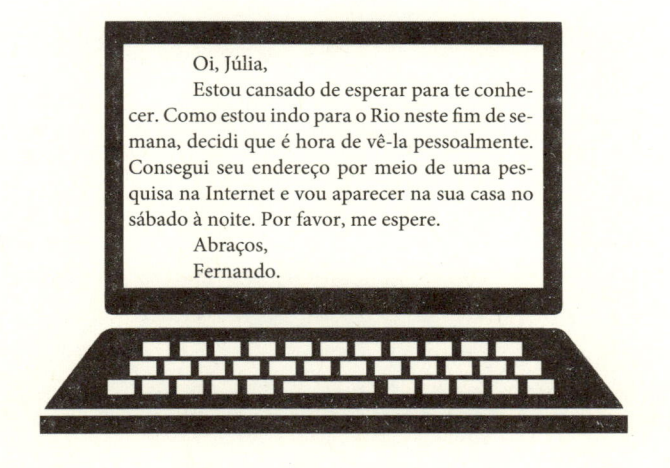

> Oi, Júlia,
> Estou cansado de esperar para te conhecer. Como estou indo para o Rio neste fim de semana, decidi que é hora de vê-la pessoalmente. Consegui seu endereço por meio de uma pesquisa na Internet e vou aparecer na sua casa no sábado à noite. Por favor, me espere.
> Abraços,
> Fernando.

*Se foi postado na sexta-feira e ele disse que viria no sábado à noite, ele deve ter vindo e não encontrou ninguém. Devo estar livre dele, pelo menos, por enquanto,* pensou Júlia.

Entretanto, o barulho da campainha a fez pular da cadeira pelo susto de pensar que poderia ser ele. Ouviu Joana abrir a porta e logo escutou ela lhe chamar. Desceu as escadas, apressadamente.

– Júlia! Um rapaz deseja falar com você – comunicou Joana. – Está na porta.

– Pode deixar, Joana. Eu atendo – chegou perto da porta e surpreendeu-se ao ver um homem de terno preto, muito bonito, aparentando uns 35 anos, e muito sério.

– Júlia? – perguntou, encarando-a.

– Sim. Deseja falar comigo?

– Claro! Sou eu, Fernando – ele estendeu a mão para cumprimentá-la. – Vim conhecê-la, conforme disse no *e-mail*.

## 25

# O RAPTO

— Desculpe a surpresa – disse Fernando. – Mas acho que já esperei demais para conhecê-la. Então, decidi aparecer e resolver logo isso – olhou em volta. – Não vai me convidar para entrar? – e projetou-se para o interior da sala.

— Desculpe-me você, mas... – ela parou, engasgando, sem saber o que dizer.

— Não se preocupe. Sei que seus pais não estão em casa, e acho que não costuma receber pessoas na ausência deles – disse ele. – Ainda mais que não nos conhecemos direito, ainda. Como vou ficar no Rio até amanhã, posso voltar aqui mais tarde, quando eles estiverem em casa – e franziu a testa, esperando a confirmação.

*Ele é mais velho do eu imaginava. Bem que Mariana disse que havia algo de estranho no fato de ele não querer se mostrar*, pensou em uma fração de segundo.

— Ainda bem que você entende a situação – disse ela, louca para descartá-lo.

— Claro. Mas você pode, ao menos, me acompanhar até o carro. Trouxe uma lembrança pra você e gostaria de entregá-la.

— Sim... Naturalmente – concordou Júlia, tentando ser educada, porém desejando que ele fosse embora logo.

Saiu porta afora e o acompanhou até o carro, que estava estacionado em frente à sua casa. Era uma van muito grande e preta. Ela não conhecia o modelo, pois nunca havia visto um carro como aquele. Era diferente. Além disso, estava todo com vidro fumê, escondendo o que havia no lado de dentro. Fernando acionou o controle remoto e ouviu-se o barulho das trancas sendo abertas, automaticamente. Estava muito calor naquele dia e Júlia imaginou como deveria estar fresco do lado de dentro, com o ar-condicionado funcionando. Ao aproximar-se da porta do motorista, que Fernando havia aberto, subitamente a porta de trás abriu-se também, e um homem encapuzado projetou-se na sua direção, agarrando-a e tapando sua boca, para que não gritasse. Segurou-a fortemente, jogou-a para dentro do carro e entrou logo atrás, fechando a porta. Simultaneamente, Fernando também entrou no carro, do lado do carona, e outro homem, que seria o motorista, acionou a partida rapidamente. Em questão de segundos, já estavam na Avenida das Américas, em alta velocidade, na direção do Itanhangá. Júlia havia sido amordaçada e por isso não tinha como falar ou reclamar do que estava acontecendo. Só pensava em uma coisa, *Zorb deve ter percebido minha descarga de adrenalina e espero que esteja a caminho o mais rápido possível.*

Então, o homem encapuzado finalmente tirou o capuz. Júlia assustou-se e arregalou os olhos ao perceber que era Saulo. Então era isso, o cúmplice de Saulo era Fernando, que acabava sabendo sempre dela através da comunicação por *e-mails*. Por que não estava tão surpresa? Saulo olhou para ela e deu um sorriso sarcástico.

– Finalmente conseguimos. Aqui, Zorb não poderá descobrir você, pois este carro tem proteção contra a monitoração que colocaram em você através dos *chips*. Custamos a descobrir o segredo para bloqueá-lo, mas conseguimos – disse com um sorriso irônico no olhar. – A propósito, meu nome verdadeiro é Ret, como você já deve saber. E este homem à sua frente é Rino, general de nosso exército reptiliano.

*Fernando, um reptiliano também. Por isso não gostava de mostrar o rosto,* pensou preocupada. Ele não desejava ser reconhecido caso tivesse que aparecer antes do tempo. Fernando também sorriu.

– Finalmente nos conhecemos pessoalmente. Como eu sempre digo, quando um serviço não acontece como queremos, a melhor coisa é fazermos nós mesmos. Saulo! – disse asperamente dirigindo o olhar para ele. – Sua incompetência já estava me cansando! Agora sim *eu* – e disse alto e em bom tom, para não haver dúvidas – *resolvi o problema.*

Será que ainda posso confiar que você cuidará dela? – indagou, com um olhar de incredulidade.

– Claro, Rino, desta vez não falharei – respondeu seriamente, sem o sorriso irônico que costumava exibir.

Júlia começou a ficar apreensiva. Zorb não teria como encontrá-la. Sem a possibilidade de seguir os sinais de monitoramento, ele não a encontraria. Novamente sentiu um frio no estômago, de nervosa que estava. Mas, no fundo, sabia que Zorb descobriria um meio de achá-la. Tinha certeza de que podia confiar nele e que a encontraria, onde quer que estivesse.

Continuaram seguindo, finalmente alcançando o Elevado do Joá, dirigindo-se no sentido Zona Sul. Neste momento Júlia sentiu um alento, ao apreciar a estonteante paisagem que desfilava à sua frente, como se estivesse apreciando um cartão postal da cidade. Questionava-se para onde estaria indo. Sabia que todos ali eram reptilianos, e certamente a direção que estavam tomando seria o local onde eles teriam seu "quartel-general".

De repente, o carro elevou-se ainda em movimento, levantou voo e passou pelo espaço entre as duas pistas do elevado, precipitando-se na direção do mar. Como em um passe de mágica, a lataria do carro começou a mover-se com um barulho ensurdecedor, transmutando-se em uma aeronave. Ela continuou o voo agora rente à água, até alcançar alto mar e então submergir como se fosse um submarino. Júlia não sabia o que pensar, embasbacada com tudo o que estava acontecendo diante de seus olhos. A nave continuou o mergulho, até aproximar-se de uma imensa rocha, que ela logo percebeu tratar-se de uma caverna submarina. Uma entrada, como uma porta gigante, abriu-se automaticamente, acionada pela ordem de Rino, de dentro da nave. Então, a nave adentrou a caverna e seguiu o curso, como se estivesse em um túnel submarino. Continuaram navegando, até emergir no interior da caverna, que semelhante a um hangar, abrigava outras naves, máquinas e um contingente de reptilianos deslocavam-se, trabalhando como operários em uma fábrica. A nave levantou voo lentamente e pousou em uma área específica onde as outras se encontravam, e era o estacionamento.

— Ret! Pode tirar a mordaça dela. Não há mais como ela se rebelar e reclamar ajuda no nosso território. Aqui, terá que ficar quieta – disse e dirigiu um olhar severo para Júlia.

Ret tirou a mordaça de Júlia e desamarrou suas mãos. Ela não teria para onde fugir mesmo, por isso não precisaria se preocupar. Júlia sentiu seus olhos encherem-se de lágrimas, pelo medo que sentia. Estava no interior do quartel-general dos reptilianos, no covil dos inimigos de Zorb, portanto, seus inimigos também. E agora? O que aconteceria com ela? Não podia deixar de imaginar coisas horríveis pelo medo que lhe corroía o pensamento. Estava apavorada. Mas, não choraria. Não devia mostrar suas fraquezas para o inimigo. Engoliria suas lágrimas e seu medo. Precisava sobreviver. Por ela e por Zorb.

Rino, Ret e o outro reptiliano desceram da nave, escoltando Júlia. Ela andava cercada por eles, aterrorizada só de pensar onde se encontrava. Não havia como Zorb encontrá-la. Não ali, no fundo do mar, longe de tudo e até do alcance do *chip* localizador. Estava com medo, muito medo, pois não sabia o que iria lhe acontecer. Afinal, para que eles a queriam? Não sabia responder este questionamento. Só sabia que fazia parte de um experimento que poderia importar também para eles, mas de que modo?

— Ret, leve Júlia até a sala de Ciências para ser examinada e depois deixe-a na sala de espera, conforme combinamos. E não se esqueça de monitorá-la, de dia e de noite – disse Rino, e olhou para Ret com seriedade.

— Certamente, Rino – respondeu como se fosse um serviçal e saiu escoltando Júlia na direção da sala de Ciências, segurando-a pelo braço.

Ao chegarem à sala de Ciências, encontraram uma mulher alta, esguia, morena de olhos castanhos, cabelos tipo Chanel e muito bonita.

— Doutora Rana – Ret cumprimentou-a, educadamente. – Esta é Júlia – e apontou para ela. – Rino mandou trazê-la para os procedimentos de rotina, mais o que foi previamente agendado. Creio que sabe o que fazer.

— Muito bem, ah... Ret? – pronunciou seu nome com desdém.

— Sim. Meu nome é Ret – respondeu sem graça diante de Júlia, que olhou para ele com ar de surpresa. – Pensei que tivesse se esquecido.

– Não me esqueci, apesar de tê-lo visto poucas vezes – respondeu a doutora. – Pode esperar aqui fora. Assim que terminar, eu a entrego a você de volta.

– Perfeitamente, doutora Rana – concordou e reverenciou com a cabeça, obedientemente.

Rana levou Júlia para o interior da sala, conduzindo-a para uma cama branca e extremamente limpa, situada na extremidade direita do lugar.

– Não precisa ter medo. Sou uma cientista, uma médica, e não um soldado como os outros, especialmente esse Ret – disse com desdém, novamente. – Só vou escanear e mapear seu corpo para podermos estudar seu biótipo e as modificações genéticas que foram incorporadas ao seu organismo. Também vou colher amostras de seu sangue para os testes. Precisamos estudar as diferenças conseguidas com a experiência – disse com um sorriso bondoso.

– Não estou com medo, não de você... Só estou um pouco apreensiva. Afinal, tudo isso é tão novo para mim. Minha vida deixou de ser minha nesses últimos dias. E depois, aqui, sou prisioneira, e não uma convidada – Júlia deitou-se na cama, pronta para colaborar para que o processo acabasse logo. Afinal, não teria como fugir.

Então, uma haste contendo uma peça arredondada em forma de globo desceu do teto e começou a passar por cima dela, emitindo uma luz esbranquiçada que envolveu todo o seu corpo. Passou por cima dela, escaneando cada estrutura de seu corpo. Júlia realmente não sentiu nada, apenas um medo que persistia em acompanhá-la, por estar em um lugar desconhecido.

Logo depois, Rana pegou um tubo, com uma ponta semelhante a uma agulha, e encostou-o no seu braço direito. A ponta sugou uma pequena quantidade de sangue, sem que houvesse necessidade de perfurar o braço. Foi um processo totalmente indolor. Então, ela recolheu o material no tubo, ajudou Júlia a se levantar e a descer da cama.

– Pronto. Acabou, Júlia. Vou chamar Ret para levá-la – comunicou Rana.

– O que vão fazer comigo? Agora sim estou com medo – ela olhou apreensiva para Rana, pedindo sua ajuda tacitamente.

– Sinto muito, mas não posso ajudá-la. Minha função aqui é estudá-la e não ser solidária – disse secamente.

– Mas você é boa. Sinto isso. Não concorda com isso aqui, não é mesmo?

– Minha opinião não é relevante – a doutora encarou-a com um olhar triste. Porém, logo o desviou e abriu a porta para chamar Ret.

– Pronto. Terminei. Pode levá-la – e conduziu Júlia na direção de Ret. – A propósito, seja gentil com ela, sim. Afinal, é um ser vivo como nós.

– Não se preocupe. Não sou o monstro que você imagina – disse Ret ao dirigir o olhar para Rana, com melancolia.

Júlia pôde perceber certa tensão entre os dois. Então, Ret pegou-a pelo braço e conduziu-a na direção da sala designada para mantê-la. Não era longe dali. Assim que chegaram, ele abriu a porta e colocou-a dentro da sala.

– Fique aí dentro, quieta! Comporte-se para não piorar a minha situação. Já estou malvisto por Rino. Espero que agora você colabore, caso contrário vai se ver comigo – ameaçou.

– Não esperava gentileza alguma de você mesmo, Saulo, ou melhor, Ret. Não é esse o seu verdadeiro nome? Mas não precisa ser tão grosso – olhou para ele com tristeza. – Não sou um brinquedo, sou um ser humano.

– Pois é, Júlia. Este é o problema. Você é um ser humano. Ou será que é só metade humana? – questionou ele. – Não sei o quão importante será para nós. Ou se você será apenas um brinquedo, ou ainda apenas uma experiência? – E saiu da sala rindo ao fechar a porta bruscamente.

Ao ficar sozinha, Júlia observou a sala. Parecia bastante confortável. Era uma sala quadrada e pequena, na qual havia uma cama de solteiro branca e limpa no canto esquerdo, uma mesa com cadeira também brancas no lado direito e um aquário imenso na parede lateral. Não! Não era um aquário, mas uma janela enorme que dava para o mar e os peixes que ela estava vendo, na verdade eram os peixes que passeavam pela sua janela, vivendo no seu hábitat natural. Que paisagem linda! Só aquilo conseguiu lhe trazer um pouco de paz e tranquilidade. Um momento de descanso, para quem estava cansada de pensar e raciocinar sobre o que poderia lhe acontecer ainda naquele dia que parecia não acabar. Sentou-se na cadeira branca e ficou ali, admirando os peixes que passavam, tentando não pensar em nada, somente em Zorb.

*Zorb, onde você está? Será que já sabe que fui levada pelos reptilianos? O que você está fazendo nesse exato momento? Preciso tanto de você!*

† † †

Zorb, Zara e Zig estavam nervosos diante do painel de controle da sala da casa da Barra, que funcionava também como uma segunda base. Haviam perdido completamente o sinal de Júlia, pela primeira vez em anos. A casa na Barra era exatamente igual à de Teresópolis, com pequenas alterações e também estava bem guarnecida pelos soldados zetanianos. Portanto, não precisavam ter preocupações em relação ao conforto, comodidade e segurança, pois tinham como se teletransportar em questão de segundos de um lugar para outro. Por isso era tão fácil para Zorb ficar em Teresópolis, ou voltar mais tarde. Para ele a viagem era rápida e não levaria o mesmo tempo para qualquer outra pessoa, a não ser que tivesse que seguir Júlia passo a passo, como no primeiro dia que ela o "conheceu".

Ali estavam eles, diante do painel, sem saber por onde começar. Como encontrar Júlia, se não havia sinal? O último contato indicava que ela estava em casa, dirigindo-se para o portão, quando subitamente sumiu. Isso aconteceu por volta das 13 horas, e no momento, já eram 17 horas. Já fazia quatro horas desde o seu desaparecimento e nem um sinal de sua presença. Zorb mostrava-se nervoso e preocupado, sem saber o que fazer. Além disso, experimentava algo novo, que nunca havia sentido antes: o medo de perder a pessoa que mais amava no mundo. Doía muito. Uma dor aguda e lancinante. Insuportável. Não imaginava sua vida sem Júlia. Falhara como seu guardião. Não conseguia perdoar-se.

Onde ela estava?

Como a encontraria?

# 26

# RET

A noite fluiu calmamente e Júlia conseguiu dormir, mesmo achando que isso não fosse possível, por conta do seu estado de ânimo. Ficara muito preocupada com seus pais, que deviam estar desesperados pelo seu desaparecimento. Ao acordar, recebeu um café da manhã com pão integral, bolo de laranja e café com leite. *Eles realmente conhecem nossos hábitos*, pensou ela, deliciando-se com a fatia do bolo que tanto gostava. Estava faminta. Após o café, sentou-se em frente ao janelão e admirou a paisagem marinha mais uma vez, sem saber que ali existia um ponto cego, onde o sinal dela voltou a aparecer e, portanto, a ser monitorado por Zorb.

†☦†

Zorb não saíra de perto dos aparelhos de monitoramento a noite toda, e logo percebeu que o sinal reapareceu na tela. Rapidamente, buscou a localização de Júlia, encontrando-a imediatamente.

– Mas... é no mar! – notou ele, franzindo a testa. – Como não pensei nisso antes? É claro que a base dos reptilianos só poderia ser no mar. Onde mais eles, que gostam tanto da água, a construiriam?

Olhou para Zig de modo severo.

– Agora, sim, podemos traçar um plano de resgate – e em seguida olhou para Zara, mais aliviado, depois de tanto tempo tenso.

– Calma, filho. Precisamos de calma para raciocinar. Não é de nosso costume ficarmos tão tensos – aconselhou Zig.

– Sei disso, mas já não sou mais o mesmo. Minha relação com os sentimentos não é mais como costumava ser. Nem mesmo a de vocês, após viver tanto tempo neste planeta. Você sabe disso, pai.

– Sabemos, sim, filho – e olhou para Zara, que moveu o rosto em concordância. – Não era para ser assim.

– Mas foi como aconteceu e temos que aceitar – disse Zara ternamente.

Assim, começaram a traçar um plano para o resgate de Júlia.

✝✝✝

Enquanto Júlia distraía-se com os peixes que desfilavam calmamente pela sua janela, fazendo acrobacias e malabarismos como se estivessem apresentando-lhe um show aquático, ela ouviu o barulho da porta de sua sala se abrir. Olhou sobressaltada, sem saber o que esperar. Entretanto, era Ret que entrou na sala, cabisbaixo e triste.

– Ret? Para onde vou agora? – perguntou, tentando ignorar o estado dele.

– Por enquanto, para lugar nenhum. Vim aqui só para conversar com você – disse ele e olhou para ela diretamente. – Preciso que alguém me ouça, e acho que você me compreenderá.

– Eu? Por que eu? O que teria para me falar? – indagou Júlia, surpreendida pela situação. – Você que sempre quis me raptar.

– Que tal a minha história? Poderia ser muito interessante para você conhecer um pouco mais sobre o meu povo. Saber que não somos monstros ou tão ruins como você pode estar pensando – ele se sentou na cadeira branca, olhando para ela.

– Mas aqui? Não estão nos monitorando? Poderiam nos escutar... – questionou Júlia, estranhando o comportamento de Ret.

— Não se preocupe. Não há monitoramento, pois aqui estamos seguros, sem sinais detectáveis e entre o povo reptiliano. A confiança é total – explicou Ret.

— Pois bem, sou toda ouvidos. Pode me contar sua história. Quem sabe assim, ouvindo os dois lados, posso chegar a uma conclusão – Júlia sentou-se na cama, de frente para ele.

Ret respirou fundo e olhou-a nos olhos, tentando ser o mais agradável possível para que ela prestasse atenção ao que ele tinha para lhe contar.

— Estamos aqui em seu planeta há algum tempo. Na verdade, chegamos depois dos nórdicos. Não imaginávamos que eles já estavam aqui. Viemos atrás de recursos naturais. Há muitos anos, nosso planeta havia conseguido esgotar os seus, e precisávamos encontrar mais recursos para garantir nossa sobrevivência. Não havia outro meio, pois sem eles não haveria continuidade de vida.

— Mas, viver à custa da destruição de outras vidas, de outros mundos? Como podem pensar assim? – disse Júlia subitamente, interrompendo Ret.

— Por favor, não me julgue sem antes ouvir minha história. O primeiro planeta que invadimos foi o planeta Zeta, o planeta de Zorb. Foi uma experiência assustadora. Muitos morreram de ambas as partes, tanto os nórdicos quanto nós, os reptilianos. Para eles foi pior, pois não estavam preparados para uma guerra. Foi muito triste. Entretanto, uma parte de nós, reptilianos, percebeu que isso não era bom. De que adiantaria tanta destruição? Não era bom para o universo, não era racional e inteligente para um povo tão desenvolvido destruir tantas vidas. Precisávamos preservá-las e não destruí-las. Seria contra a própria preservação do Universo. E aí formamos uma resistência dentro do povo reptiliano. Um grupo que se opunha a tudo o que se pode chamar de guerra. Podíamos conseguir recursos por meio de negociações com diferentes povos, sem que para isso houvesse necessidade de guerras e perdas de vidas inocentes. Mas, infelizmente, essa não é a opinião da maioria de nossos dirigentes, e por isso a existência do Grupo de resistência, Julia – Ret olhou para ela com preocupação. – Eu faço parte desse grupo e, na verdade, quero te ajudar e não te ferir. Nossa busca é pela sobrevivência e não pela destruição de outros povos. Se podemos viver em harmonia, por que guerrear? Ambos os povos podem fazer parcerias e viver harmoniosamente. A paz é o melhor caminho.

– Um grupo de resistência, dentro do seu povo? – disse ela, atônita pela descoberta, depois sorriu e olhou para Ret. – Fico muito feliz de saber disso. No fundo, sentia certa simpatia por você – confessou ironicamente para Ret. – Mas... Por que precisam de mim? Por que me raptaram?

– Na verdade, apenas para estudar as modificações genéticas introduzidas em você pelos nórdicos, que podem ser reproduzidas nos humanos. Precisamos estar preparados para qualquer resistência por parte dos humanos. Não é fácil a dominação quando o povo já está preparado para uma guerra.

– Zorb me disse que nossos dirigentes humanos sabem da existência tanto deles quanto da de vocês, reptilianos. Então, isso quer dizer que há negociações já acontecendo? – perguntou interessada.

– Sim, seria o mais sensato. Entretanto, a ambição humana e reptiliana são muito parecidas. Os dirigentes só pensam em si mesmos, esquecendo-se do bem comum, do povo que precisa sobreviver. Mas, felizmente, nos dois povos também existem aqueles que pensam no bem de todos.

– E como é esse grupo? Tem muitos de vocês participando? – Júlia quis saber.

– Sim. Já somos numerosos, mas ainda impotentes diante de uma maioria que deseja o combate, deseja sangue humano e reptiliano lavando a terra.

– Já pensaram numa parceria com os nórdicos? Afinal, a união entre vocês poderia ser uma solução e tanto para resolver a situação – questionou Júlia.

– E você acha que eles confiariam em nós? Aqueles que os atacaram e destruíram grande parte de seu povo e planeta? Isso não seria possível.

– Ret. Na verdade, nem eu tenho razões para confiar em você. Você que já tentou me raptar tantas vezes. Entretanto, acho a ideia interessante e, é claro, teria que haver uma prova de lealdade da sua parte. Zorb não é bobo para sair assim confiando no inimigo. Mas você poderia dar essa prova. Sim, você – confirmou ela e olhou atentamente para Ret. – Que prova melhor do que você me ajudar a sair daqui ilesa, hã? Se você me salvasse, indo contra os seus, Zorb certamente confiaria em você – ela levantou as sobrancelhas com ar questionador.

– Não sei, Júlia! Mas... Você pode estar certa. Seria uma prova e tanto da minha lealdade, não a Zorb, mas às ideias que compartilhamos e, quem sabe, uma tolerância por parte dos dois povos: os nórdicos e os reptilianos – Ret bateu as mãos como uma forma de concordar com o que havia dito. – Mas existe algo mais – ele olhou para ela preocupado. – Faço parte da linhagem de uma família muito importante de meu povo. Isso faz com que eu tenha alguns privilégios, não precisava lutar. Entretanto, meu sangue guerreiro se sobrepôs a qualquer vontade. Somos assim.

Então, Júlia olhou para Ret de modo diferente, percebendo pela primeira vez que ele só queria o melhor para seu povo. Apesar de ter tido uma formação como guerreiro em seu planeta, não olhava a guerra como a melhor solução. Desejava, sim, uma solução pacífica. Isso fez com que ela tivesse uma simpatia repentina por ele, e toda aquela sensação de repulsa que sentia desaparecesse, dando lugar ao início de uma bela amizade. Então, Ret levantou e aproximou-se da porta.

– Confie em mim, Júlia. Vou te tirar daqui logo que puder – ele abriu a porta e saiu apressadamente, deixando Júlia inquieta pelo que acabara de descobrir. Afinal, a surpresa era grande. Ret, o inimigo repentinamente tornava-se amigo, ou melhor, aliado – amigo era uma palavra muito forte. Será que ela poderia confiar nele? Uma sensação de desconforto tomou conta de seu peito. Seu coração batia descompassadamente. Estava nervosa, muito nervosa. Não sabia o que pensar. Seria Ret, seu irônico colega Saulo, realmente confiável? Alguém que sempre agira de forma tão errada para com ela? Porém, Júlia não tinha escolha. Zorb não a encontraria ali, na base reptiliana, portanto ela tinha que confiar em alguém, e no momento Ret era sua tábua da salvação, quisesse ela ou não. E assim Júlia ficou pensativa por um longo tempo, quieta, esperando a solução que Ret poderia trazer.

Logo chegou seu almoço. Eles pensavam em tudo. Estariam sendo corteses ou apenas alimentando seu animal aprisionado? Enfim, apesar das emoções, a fome falava mais alto. Ela acabou comendo tudo o que veio: a salada de legumes, arroz e feijão e salmão ao molho de maracujá. O que será que eles comiam? Será que haviam adquirido nossos hábitos também? Duvidava disso. Répteis gostavam de algo mais consistente, como ratos vivos. Arrepiou-se só de pensar nisso. Na verdade, eles eram humanoides e certamente teriam hábitos semelhantes aos nossos, porém um pouco mais carnívoros.

Subitamente a porta se abriu e duas pessoas adentraram a sala: Ret e um rapaz que ela não conhecia.

– Júlia, este é Roto, meu amigo da resistência. Contei a ele nossa conversa e ele vai nos ajudar nos planos de fuga.

– Olá, Roto! Bom saber que existem reptilianos sensatos – ela apertou sua mão.

– Muito prazer, Júlia. Estar na resistência é estar preparado para agir a qualquer momento, onde quer que você esteja.

Roto, como todo reptiliano, era um rapaz forte, moreno, de olhos castanhos, e também muito bonito. Além disso, era tão jovem quanto Ret e certamente faria suas amigas da escola suspirarem, só de olhar para ele.

– Depressa, Júlia. Vista esta roupa imediatamente. Vamos te tirar daqui agora – ele colocou nas mãos de Júlia uma roupa preta, parecida com as que costumava usar, um par de botas e uma peruca de cabelos pretos e lisos, imitando os cabelos das mulheres reptilianas.

Júlia arregalou os olhos e pegou a roupa, assustada com a rapidez da fuga. Mas não tinha escolha: era pegar ou largar.

# 27

# A FUGA

O macacão que Júlia vestiu por cima da roupa era completamente preto e largo. Por sorte, ela estava com um short e uma camiseta, que não atrapalharia vesti-lo por cima. Depois, colocou as botas pretas que Ret lhe entregou e prendeu os cabelos, a fim de adaptar a peruca de cabelos pretos, em um corte tipo Chanel, muito parecido com os cabelos das reptilianas. Afinal, teria de se passar por uma. Pensou em Rana para se inspirar. E assim, já transformada, olhou para eles.

– Como estou? Pareço uma de vocês? – perguntou nervosa.

– Não é hora para pensar se está parecida ou não. Tem que estar. É nossa única chance – disse Ret e olhou para o rapaz que o acompanhava. – Roto! Temos que ser rápidos.

– Sim, Ret. Temos que aproveitar o horário de descanso. Neste momento a grande maioria estará quieta, relaxando após o almoço – e olhou para Júlia com preocupação.

– Vocês têm um horário para descansar após o almoço? – perguntou Júlia surpresa.

– Sim. Isso é fisiológico – respondeu Roto. – Faz parte do nosso organismo. Rendemos muito mais após o breve descanso de, no máximo, meia hora, mas que resulta numa diferença enorme de rendimento de trabalho. Nosso povo sempre agiu assim.

– Interessante. Poderiam ser um exemplo para meu planeta – Júlia comentou.

– Vamos! Não dá mais para esperar – disse Ret, depois segurou Júlia pelo braço e puxou-a na direção da porta. – Não se esqueça de andar olhando para frente, sem encarar ninguém, ou poderão perceber alguma coisa, e aí estaremos perdidos.

– Não se preocupe. Ficarei quieta e tentarei não chamar a atenção – disse isso com o coração aos pulos, pois na verdade estava muito nervosa, e com um medo sem igual. Não podia deixar de pensar em como sairiam dali, do meio de tantos reptilianos.

Ret abriu a porta e eles saíram andando normalmente, como se fossem trabalhadores normais, andando pelos corredores do quartel-general.

†✝†

Naquele exato momento, Zorb se materializava no interior da sala de onde Júlia acabara de sair. Quando descobriu a localização dela, ele decidiu que viria resgatá-la sozinho. Não seria bom arriscar a vida dos outros em um resgate cuja obrigação era sua como guardião. Era assim que ele pensava e foi assim que conseguiu convencer seus pais – que o acompanhariam na nave –, de entrar na base sozinho. Então, foram até a nave e marcaram as coordenadas da localização de Júlia. Camuflaram-na para poder circular pelo ar sem ser vista ou detectada por qualquer radar, fosse humano ou reptiliano. Normalmente as próprias nuvens costumavam camuflá-los e, quando não havia nuvens, eles as produziam. Era desse modo que os alienígenas costumavam se movimentar sem serem notados. E assim, ao alcançar as coordenadas no mar, submergiram e movimentaram-se na direção da base reptiliana.

Ao chegar próximo à entrada, Zorb preparou-se para o teletransporte ao interior da sala, deixando seus pais na nave camuflada. Foi a melhor decisão, pois se qualquer coisa desse errado a nave estaria próxima, para uma fuga rápida. Agora estava ali e precisava avançar sem ser percebido. Onde estaria Júlia? Teria que sair e andar em busca de seu sinal localizador. Acionou, então, a invisibilidade, uma das possibilidades que sua vestimenta especial lhe oferecia, e abriu a porta, lançando-se no interior dos corredores, andando entre seus inimigos, sem ser percebido. Ali, dentro da base reptiliana, o sinal de Júlia se fez mais forte, permitindo que ele pudesse captá-lo no seu aparelho manual e segui-lo na direção dela.

†††

Enquanto isso, Ret, Júlia e Roto andavam pelos corredores na direção do local onde as naves se encontravam, com o intuito de pegar uma delas e fugir daquele lugar. Tentavam andar normalmente, quando um reptiliano que andava pelo corredor olhou para Júlia e a encarou.

– Ei, você! Por que está com a cabeça baixa? Uma reptiliana deve andar de cabeça erguida e não cabisbaixa – afirmou e parou Júlia, ao olhar para ela insistentemente.

– Ela não está bem. Estamos levando-a para a enfermaria – disse Ret prontamente.

– Mas a enfermaria é no sentido contrário – observou o reptiliano.

– É verdade! Nos enganamos de direção – Roto respondeu rapidamente, segurou Júlia pelo braço e mudou o sentido.

– Mais atenção, soldados. Um reptiliano não pode se enganar – corrigiu ele. – São novatos na base? – perguntou desconfiado.

– Sim! – respondeu Ret. – Chegamos aqui apenas há uma semana. Obrigado pela ajuda.

Assim, eles mudaram de direção rapidamente, preocupados com a perda de tempo que isso lhes custaria, aumentando a possibilidade de descobrirem a fuga de Júlia.

– Vamos por aqui – disse Roto, acostumado com a base como era, visto que pouco saía dali, diferente de Ret que vivia mais fora por causa da missão em que se encontrava. – Conheço um ótimo atalho.

E foram no sentido de um corredor que, para sorte deles, estava vazio, o que facilitou o aumento da velocidade de seus passos na direção desejada. Andaram até o fim do corredor, viraram à direita e passaram por uma sala grande onde havia uma lanchonete, e onde um grupo de reptilianos parecia dormir sentado em um sofá macio e aconchegante. Nem perceberam que eles estavam passando, o que fez com que não fossem interrompidos. Após atravessarem a sala, chegaram ao que seria o estacionamento das naves. Havia pelo menos umas dez delas. A maioria estava guarnecida por dois reptilianos armados, com exceção de uma menor ao fim das dez, que estava aberta. Ret olhou para Roto que imediatamente captou o que ele pensava e dirigiram-se para a nave em questão.

†††

Zorb já se encontrava no estacionamento das naves quando viu Júlia, Ret e Roto chegarem. Sabia que aquela garota de preto era Júlia pelo sinal que ele captava. Em princípio, não conseguiu entender por que Júlia estava vestida de reptiliana e ao lado de Ret. Então, percebeu que o próprio Ret estava tentando libertá-la. Logo ele, que tentara raptá-la duas vezes. Achou interessante o que viu. Observou a tentativa deles de se aproximarem das naves e então, temendo pelo que poderia acontecer, aproximou-se deles, ainda com a invisibilidade, e por telepatia começou a comunicar-se com Júlia.

*Júlia, sou eu, Zorb. Estou aqui ao seu lado, mas não manifeste minha presença. Não sei qual será a reação desses dois.*

*Zorb? Oh, Zorb onde está você? Não consigo vê-lo.* Ela olhou para os lados.

*Estou ao seu lado, invisível. Não se preocupe, agora estou aqui*, ele tocou o braço de Júlia, para que ela pudesse sentir sua presença.

– Rápido! Vamos entrar na nave menor e sair sem que percebam nossa presença – disse Ret e puxou Júlia para o interior dela.

Então, eles entraram rapidamente e, já no seu interior, perceberam que ela estava vazia e que seus controles estavam fora do lugar, pois a mesma estava em reparos.

Ret ficou desolado, pois percebera que seu plano, mais uma vez, não daria certo. Sentia-se fracassado. O que fazer agora? Como resolver este problema? As outras naves estavam guarnecidas por reptilianos e para fugir em uma delas acabaria tendo que se revelar, e isso não seria bom para sua identidade secreta de rebelde.

Então, Zorb, que já havia entrado na nave também, decidiu revelar-se e resolver a situação. Tornou-se visível e apareceu diante deles.

– Zorb? Como chegou aqui? – perguntou Ret, surpreso, e já colocou-se em posição de luta, assim como Roto.

– Não importa como cheguei. O que importa é que estou aqui e vim resgatar Júlia – puxou-a para perto de si e entrelaçou-a com seu braço.

– Calma, Zorb. Eles estavam tentando me libertar – avisou Júlia, em defesa de Ret e Roto.

– Não se pode confiar em reptilianos. Não depois de tudo o que fizeram – Zorb segurou Júlia bem junto de si, acionou o teletransporte e os dois desapareceram diante de Ret e Roto, que ficaram sem ação, pela rapidez com que tudo aconteceu diante de seus olhos.

Neste exato momento, dois reptilianos armados até os dentes adentraram a nave.

– O que vocês estão fazendo aqui dentro? – perguntou o mais alto. – Não sabem que não podem entrar numa nave sem autorização?

– Sim. Sabemos. Mas meu amigo aqui estava muito curioso em relação a esta nave pequena e resolvemos entrar para conhecê-la, pois não somos pilotos, somos soldados curiosos – disse Roto, ao tentar ser o mais natural possível.

– Cuidado! Já vi muito reptiliano morrer por causa de sua curiosidade. Saiam daqui agora, antes que eu me arrependa e resolva detê-los por insubordinação – disse o reptiliano mais baixo, que era o mais graduado.

Ret e Roto retiraram-se rapidamente, sentindo-se aliviados por não terem sido descobertos. Mas, assim que saíram da nave, uma sirene tocou e eles sabiam que o desaparecimento de Júlia fora descoberto.

†☩†

Zorb e Júlia materializaram-se na sala onde ela havia estado presa, e que tinha o ponto cego do sinal que os faria conseguir sair do interior da base reptiliana, sem serem percebidos. Então, Zorb mais uma vez acionou o teletransporte e eles desapareceram, materializando-se no interior da nave de Zorb, onde Zara e Zig os aguardavam.

– Finalmente. Sabíamos que tudo daria certo, mas a espera é angustiante, mesmo para quem controla os sentimentos – observou Zig calmamente.

– Júlia, tudo bem? – perguntou Zara e segurou seus ombros com carinho.

– Agora sim – ela retirou a peruca reptiliana. – Só de estar com vocês já me sinto melhor – respirou fundo e sorriu de alívio.

– Me explique o que estava acontecendo, Júlia. Ret estava tentando te libertar? – questionou Zorb surpreso.

– Sim, Zorb. É uma longa história que preciso te contar detalhadamente.

E enquanto Júlia contava para Zorb tudo que Ret havia lhe relatado, Zig dava a partida na nave de volta para casa. Sentiam-se felizes pelo êxito do resgate. Entretanto, muita coisa precisava ser explicada para os pais de Júlia. Logo após o seu desaparecimento, eles haviam contatado a polícia para encontrá-la. Teriam que dar uma explicação muito convincente se não quisessem contar a verdade.

# 28

# RANA

    Rino encontrava-se profundamente irritado em relação à fuga de Júlia. Não conseguia acreditar que, depois de tanto trabalho para trazê-la para a base reptiliana, ela havia conseguido escapar. Mas ainda não sabia como havia conseguido. Simplesmente desaparecera do interior da sala designada como sua "prisão". Ele andava de um lado para outro esperando aqueles que achava estarem envolvidos de algum modo com o desaparecimento dela. Mandara chamar Ret e Rana, as duas pessoas que haviam estado com Júlia mais recentemente. A porta de sua sala se abriu e os dois apareceram escoltados por soldados reptilianos.

    – Muito bem, Ret! – andou na sua direção e encarou-o austeramente. – Tem alguma explicação convincente para me dar sobre o desaparecimento de Júlia? – gritou com autoridade.

    – Por que acha que teria algo a ver com o desaparecimento dela? – questionou Ret, tentando dar veracidade ao que dizia. – Eu era encarregado de zelar pela segurança dela. E, uma vez que se encontrava aqui na nossa base reptiliana, como poderia eu imaginar que ela pudesse fugir? Será que não podemos confiar nem mesmo nos nossos?

    – Responda-me você esta questão. O que sugere que possa ter acontecido? – E encarou Ret, esperando uma resposta convincente.

    – Não sei. Quem sabe ela ainda se encontra aqui no interior da base. Pode estar apenas escondida – respondeu despistando.

    – Isso não é possível! As buscas já foram encerradas. Ela não se encontra mais em nossa base. Caso contrário, já teria sido localizada. Confio no meu grupo de busca. São competentes! – respondeu aflito.

– Não sei por que, mas algo me diz que sua incompetência tem alguma coisa a ver com isso – e novamente encarou os olhos verdes e brilhantes de Ret, interrogativamente.

– Como pode pensar isso de mim? Fui colocado próximo a Júlia para facilitar o rapto e agora você duvida da minha competência? – perguntou Ret, fingindo-se de ofendido.

– Se você não fosse da família que você é, muita coisa mudaria por aqui. Inclusive sua posição na base, que provavelmente seria outra – observou arrogantemente.

– Minha família não tem nada a ver com isso. Esqueça-a! – afirmou Ret e encarou-o desafiadoramente.

Então, Rino olhou para Rana com ar questionador, como se ela pudesse desvendar alguma coisa.

– E você, doutora Rana? O que pode me dizer sobre o acontecido?

– Eu? Como médica desta base, eu apenas a examinei. Nada mais sei a seu respeito. O que espera que te diga? Sou médica e não um de seus soldados – respondeu indignada.

– É uma reptiliana acima de tudo e, portanto, deve ser fiel a seu povo. Se sabe de alguma coisa, isso deve ser revelado – e olhou para ela arrogantemente, mais uma vez impondo sua autoridade.

– Já disse que sou médica. Trabalho em prol de nosso povo, mas dentro da minha formação. Nada, além disso – ela sustentou o olhar de Rino, com o orgulho de sua posição.

– Muito bem – ele andou de um lado para outro. – Dispensados. Já vi que nada sairá de vocês.

A porta se abriu e Ret e Rana saíram da sala, indignados com o interrogatório ao qual haviam sido submetidos. Rino olhou para dois de seus soldados e mandou que eles os seguissem e depois viessem lhe contar o que haviam feito.

Enquanto isso, Ret e Rana ainda se encontravam chateados com tudo que havia ocorrido.

– Tudo bem, Rana? – perguntou-lhe Ret, tentando quebrar o gelo entre eles enquanto caminhavam.

– Não exatamente. Mas não posso mudar os acontecimentos. Estou indignada com um interrogatório deste porte. Como ele pode pensar que tenho alguma coisa a ver com o que aconteceu? Estou muito chateada com tudo isso – disse, sem desviar os olhos de Ret.

Ret!

Aquele por quem há muito tempo sentia algo que não sabia explicar. Sua vida se resumia à dedicação ao trabalho, suas pesquisas e estudos. Nada mais. Tecnicamente não tinha vida social, mas sentia falta disso. Como sentia... No meio do seu povo uma reptiliana não podia demonstrar qualquer atração por um reptiliano. Tinha de esperar que ele sentisse algo e tomasse a iniciativa. Isso poderia levar a vida toda sem que nada acontecesse, com anos de solidão. Os reptilianos podiam tudo. Iniciar uma relação, terminar o que não queriam mais e até iniciar outra. Mas uma reptiliana não. Tinha que esperar. Esperar o contato, o acasalamento e o processo reprodutivo. Tudo muito mecânico, sem sentimentos.

Mundo machista.

Sua espécie era assim. Durante anos havia estudado os humanos e via a diferença entre os dois povos. As mulheres, pelo menos algumas, tinham conseguido alcançar mais liberdade e podiam escolher o parceiro e até tomar a iniciativa. Mas ela não. Não podia fazer isso. Não seria aceitável.

– Vou voltar para o meu laboratório de estudos. Até breve, Ret – disse e virou-se no sentido do laboratório.

– Espere, Rana. Gostaria de conversar com você. Posso ir até o seu laboratório para conversamos a sós? – perguntou-lhe, sem tirar os olhos dela.

– Sssim, claro Ret – respondeu nervosa, pelo convite inesperado e por aquele olhar penetrante.

Ret sabia que Rana era favorável ao movimento rebelde. Muitas vezes havia ajudado o movimento sem se envolver diretamente com ele. Sabia que aquele poderia ser o momento de contatá-la e trazê-la para o grupo. Agora, que ela também havia passado por uma situação de interrogatório e de dúvida, seria mais fácil convencê-la. Então, seguiu Rana na direção do laboratório, ansioso pelo resultado do que poderia ser mais um membro para o grupo rebelde, que já era grande. Rana era uma bela reptiliana, além de inteligente, estudiosa e com toda a força da juventude. Seria um ganho imenso para eles, para o movimento e, quem sabe, ainda para ele próprio. Pela primeira vez conseguia ver nela "algo mais", além de sua inteligência. *Ela é muito atraente. Seria muito bom poder conhecê-la melhor!,* pensou para si.

Assim, chegaram ao laboratório e Rana abriu a porta, convidando-o a entrar.

– Pode sentar-se aqui – e apontou para uma cadeira em frente à sua mesa.

– Vai me consultar, doutora? – perguntou ironicamente, tentando descontrair um pouco a tensão que havia se formado entre eles. Sentou-se de frente para ela.

– Claro que não, Ret – sorriu amavelmente. – Só quero que fique confortável para que possamos conversar – e, timidamente, sentou-se de frente para ele, tentando vê-lo como um paciente e não como o reptiliano de seus sonhos.

– Doutora Rana... Sabe o quanto precisamos de você. Nós, o movimento rebelde. Acho que já passou da hora de ficar em cima do muro. Deve decidir logo de que lado está. Não podemos mais esperar – ele fixou seu olhar diretamente em seus olhos, como se a colocasse contra a parede.

– Sei que já deveria ter tomado uma decisão antes, mas tenho muito medo. Minha posição é muito vulnerável. Todo meu trabalho está sempre sob constante vigilância. Tem momentos que não consigo descansar. Provavelmente, já deve ter alguém me vigiando – confessou entristecida.

– Primeiramente, preciso te contar algo – Ret segurou a mão de Rana. – Fui eu que libertei Júlia.

Subitamente, a campainha da porta tocou. Rana deu um salto de susto, soltou a mão de Ret e levantou-se imediatamente.

– Calma, Rana. Aja normalmente. Não estamos fazendo nada de errado – comentou e segurou seu braço gentilmente, tentando acalmá-la.

Rana levantou e dirigiu-se para a porta. Abriu-a e se surpreendeu ao ver os dois soldados que estavam no interrogatório de Rino.

– Pois não? Desejam alguma coisa? – perguntou surpresa.

— Rino queria saber por que dois reptilianos, que têm funções tão diferentes, estariam juntos após um interrogatório.

— Porque nossa relação pessoal vai muito além de nossas funções. — disse Ret asperamente. Então, levantou-se e passou o braço pela cintura de Rana. Puxou-a para perto de si e abraçou-a, carinhosamente.

Rana, que já se encontrava nervosa com o que estava acontecendo, sentiu-se pior. Seu coração batia aceleradamente, como nunca. Não estava acostumada a sentir o abraço forte de um reptiliano, e a proximidade de seu corpo atlético. Sua respiração também havia se alterado completamente. Não sabia como explicar o que estava sentindo.

— Diga ao seu chefe Rino, que eu e a doutora Rana estamos em processo de conhecimento. Portanto, nada mais natural do que nos encontrarmos a sós em seu laboratório — e, ao dizer isso, virou Rana para si e a beijou ardentemente.

Em princípio, ela queria se desvencilhar daquele beijo que, sabia, não era sincero. Mas, depois, resolveu aproveitar o momento. Não era todo dia que o reptiliano dos seus sonhos a tomava nos braços e a beijava daquele jeito. Quantas vezes havia sonhado e desejado aquele momento? Já havia perdido a conta. Então, relaxou e aproveitou para senti-lo junto a si, nem que fosse só por aquele breve momento. Quando Ret finalmente a soltou, ele olhou para os soldados autoritariamente.

— Vamos, podem ir. Seu chefe deve estar ansioso por uma resposta. Digam a ele o que vocês viram — apontou para o caminho que eles teriam de seguir.

Os soldados se entreolharam e viraram-se, seguindo em frente, na direção de onde haviam vindo. Ret fechou a porta do laboratório e voltou-se para Rana. Observou seus olhos marejados.

— Por que está chorando? Está com medo? Não é bom uma reptiliana entregar-se a esses sentimentos primitivos. Devemos ser fortes, pelo bem de nosso povo.

— Sei disso. Desculpe. Não pude evitar — ela tentou esconder o furacão de sentimentos que acabaram de ser despertos em seu coração. Seu corpo tremia. Como poderia viver agora sem Ret? Agora que havia sentido seu corpo colado ao seu e o gosto de sua boca?

— Rana. Desculpe o atrevimento... O beijo... Mas foi o que veio na minha mente naquele momento para poder afastá-los daqui.

— Não foi nada. Sei que não fez por mal. Somos amigos, não somos? — perguntou, esperando que ele dissesse algo mais.

— Mas, afinal, podemos contar com você? — Ret desconversou.

— Claro que sim. Depois disso tudo eu não poderia dizer não — ela sorriu, tentando esconder a profunda dor que sentia. Não seria mais a mesma. Nunca mais. Ret segurou suas mãos e as beijou educadamente.

— Preciso ir agora. Até logo mais. Entrarei em contato — ele virou-se, abrindo a porta para sair.

— Até a próxima — Rana respondeu de coração partido, pois sabia que demoraria a vê-lo novamente. Ele sempre estava em missão e era difícil encontrá-lo. Viu-o abrir a porta e sair, deixando-a sozinha e triste.

†✝†

Ret saiu da sala sentindo-se estranho. Aquele beijo não era para ter acontecido. Conhecia Rana desde que viera para a base, há pouco mais de dois anos. Sempre foi sua amiga, apesar de muitas vezes ser arredia. Escorregava que nem sabão. Quando entrou no grupo rebelde pensou que ela o seguiria, ela não fez isso. Nunca achava tempo para entrar no grupo e dizia sempre ter medo de represálias, em virtude de sua posição na área de pesquisas. E agora? Não precisava ter acontecido aquilo. Ele sabia que logo esqueceria o que acabara de acontecer. Teria que esquecer. Estava acostumado a ficar sozinho. Não tinha tempo para se envolver com ninguém, especialmente Rana, que não lhe era indiferente. Mas, no fundo, gostaria muito de conhecê-la melhor.

# 29

# O ATAQUE

    Júlia chegou em casa com Zorb, muito preocupada com o que dizer aos seus pais. Não teria mais como esconder tudo o que havia descoberto sobre si mesma e sua família. Havia passado na casa de Zorb na Barra da Tijuca antes, pois a aeronave precisava ficar escondida e, assim, pegaram a caminhonete e dirigiram-se para a casa dela.

    Já passava das 16 horas quando chegaram. Júlia tocou a campainha, pois estava sem chaves após a saída repentina e apressada durante o rapto. Joana atendeu a porta, eufórica ao vê-la, e chamou seus pais que estavam em casa sem conseguir fazer nada, preocupados com o desaparecimento dela. Vitória abraçou Júlia, sem conseguir conter a emoção. Paulo também a abraçou, sem pronunciar uma única palavra, movido pela sensação de impotência que a situação havia lhe proporcionado. Só então, ambos perceberam Marcos e o olharam interrogativamente.

    – Boa tarde, senhor Paulo e dona Vitória – foi tudo o que Marcos conseguiu dizer, sem saber por onde começar.

    – Onde estava minha filha? – quis saber Paulo, com um olhar severo.

    – Pai, mãe! Precisamos conversar com vocês – adiantou-se Júlia, para acalmar a todos.

    Assim, dirigiram-se para a sala de estar e sentaram-se para iniciar uma longa conversa, cheia de explicações e confissões de ambas as partes.

    – Já sabíamos de nossas origens, Júlia. Sabíamos que tínhamos alienígenas na família – confessou Vitória. – Porém, optamos por guardar este segredo, para não atrapalhar o seu desenvolvimento e te dar a chance de ter uma vida normal.

– Normal? Mesmo que eu quisesse não poderia ser assim. Por que sou tão mais inteligente em algumas coisas? Por que consigo ler pensamentos? Por que, muitas vezes, consigo prever as situações? Nenhuma terráquea normal seria assim. Sempre quis saber os motivos disso e vocês desconversavam – Júlia desabafou.

– Filha, não é hora para discussões. Precisamos, antes de tudo, nos entender e chegarmos a um denominador comum – interrompeu Paulo, segurando sua mão com uma expressão compreensiva. – Não fique nervosa.

Os olhos de Júlia umedeceram.

– Não estou nervosa, pai. Só quero entender por que me esconderam isso durante tanto tempo. É a minha vida, minha origem, minha identidade... Eu precisava saber. Se não fosse por Marcos, aliás, Zorb, eu nunca saberia.

– Você tem toda razão, querida. Não devíamos ter te escondido tudo isso, durante tanto tempo. Mas, acredite, fizemos isso pra te proteger – Vitória falou, emocionada, abraçando a filha.

Zorb resolveu afastar-se um pouco, para dar liberdade a fim de que eles se entendessem. Haveria muita coisa a ser discutida e ele poderia esperar. Aproximou-se da janela da sala e ali ficou, observando o jardim da casa. Após algum tempo, Júlia aproximou-se dele, abraçando-o pelas costas. Ele se virou e foi surpreendido por um beijo apaixonado, que correspondeu avidamente. Nada mais apropriado depois de tanta preocupação que havia passado, sem saber o paradeiro dela.

– Zorb, acho que deve ir para casa agora. Estou com um daqueles meus pressentimentos inexplicáveis. Acredito que alguma coisa irá acontecer e que você deve estar lá.

– É claro. Rino não ficará parado após a sua libertação. Irá fazer alguma coisa para te recuperar. E se descobrir que fui eu quem te libertou, virá atrás de mim – disse isso e pegou o intercomunicador para pedir a seus pais para ficarem atentos aos acontecimentos. – Vamos! Você irá comigo – ele segurou o braço de Júlia.

– Espere, Zorb. E meus pais? Eles não podem ficar aqui sozinhos. Temos que levá-los também.

– Não se preocupe. Zig mandará soldados zetanianos para cá, que lhes darão proteção. Mas você é minha responsabilidade. Por isso, virá comigo. Por favor, não se oponha.

Júlia riu com certa ironia.

– Sim, senhor. Eu ouço e obedeço.

Zorb fez cara de desculpas.

– Desculpe, Júlia. Não tive a intenção de ser possessivo e mandão, mas não posso arriscar perder você novamente. Não depois de toda a agonia que experimentei após o que aconteceu com você.

– Eu compreendo – anuiu ela, sendo compreensiva.

Assim, avisaram Vitória e Paulo do que pretendiam fazer e dirigiram-se à caminhonete para ir em direção à base de Zorb, na Barra da Tijuca.

†††

Enquanto isso, na base reptiliana, Rino encontrava-se irritado com os acontecimentos, sem saber o que fazer para recuperar Júlia e o prestígio entre seu povo. Estava em sua sala, andando de um lado para outro, quando seu intercomunicador tocou.

– Sim? – atendeu com uma voz forte e autoritária.

– Senhor! Precisamos que venha até a sala de controle imediatamente, pois temos uma coisa muito importante para lhe mostrar.

– Imediatamente? É assim que se dirige a seu superior? – interrogou austeramente.

– Desculpe, senhor, mas é mesmo muito importante. Por favor, precisamos lhe mostrar algo.

– Muito bem. Estarei aí em questão de segundos – respondeu, insatisfeito e desligou o intercomunicador, dirigindo-se à sala de controle.

Ao chegar, um de seus subordinados acionou o vídeo de monitoramento das áreas circunjacentes à base. O vídeo lhes mostrava uma aeronave diferente das deles, parada próximo a uma das saídas. Após algum tempo, a mesma nave saía apressadamente e emergia do mar. O subordinado ainda avisou que havia sido descoberto um ponto cego no campo de força que protegia a base, o que daria a possibilidade de alguém ter se teletransportado para o interior dela e fugido da mesma maneira.

– Onde este ponto cego está localizado? – exigiu saber Rino, demonstrando irritação.

– Exatamente na sala onde a terráquea foi colocada – respondeu o soldado.

– Mas o que significa isso? Incompetência por parte de vocês? – disse irritado. *Ou traição no nosso meio?*, pensou.

– Ainda tem mais. A aeronave que partiu daqui foi rastreada por nossos aparelhos e podemos localizar a base onde ela se encontra, que provavelmente pertence aos zetanianos.

– Finalmente uma boa notícia. Um desconto para a incompetência de vocês – comemorou eufórico. – Vamos abordá-los imediatamente – disse e acionou um intercomunicador, que ampliava sua voz para toda a base. – Atenção base reptiliana! Convoco imediatamente os pilotos das três aeronaves de combate e suas respectivas tripulações. Apresentem-se na área de lançamento imediatamente, para uma operação de reconhecimento e possível interceptação. Estou me dirigindo para o posto *agora*, para aguardá-los. *Agora! Eu disse agora*! – e desligou o intercomunicador, dirigindo-se para a área de lançamento.

Quando chegou, já encontrou as aeronaves prontas para a partida. Entrou na nave maior e ocupou o posto de superior da frota estelar reptiliana. E assim, as três naves partiram da base na direção da Barra da Tijuca. Rino não queria mais se esconder, pouco importava seu tratado com os humanos. Portanto, ordenou que o campo de camuflagem fosse desligado e partiram, emergindo próximo ao Joá.

†††

Aquele cair da tarde na Barra da Tijuca não seria jamais igual aos outros. Não naquele fim de dia, que já começava a escurecer, quando três naves alienígenas sobrevoaram os céus sem a menor preocupação de esconder-se da população, que já as avistava. Incrédulos, observavam três aeronaves esverdeadas metálicas, cheias de luzes coloridas ao redor de toda sua estrutura. Lembravam charutos e deslizavam nos céus formando um triângulo. Partindo do Joá, após emergir, sobrevoaram a Pedra da Gávea, inclinando-se na direção da Avenida das Américas, causando surpresa, admiração, tumulto e medo nos terráqueos que assistiam aquela cena de filme de ficção científica nos céus do Rio de Janeiro. Carros paravam, pessoas saíam de dentro das lojas e casas, portando máquinas fotográficas e celulares para captar cada detalhe do que acontecia. Interferências nos sinais de trânsito, ora apagando, ora acendendo os semáforos, tornavam o tráfego pior do que normalmente já era. As naves então pararam no ar, e ali ficaram por um tempo observando o tumulto criado pela sua aparição. Então, começaram a mover-se novamente.

†††

Rino, no interior da nave maior, ria satisfeito ao verificar o medo estampado no rosto das pessoas. Para ele, o medo era a forma mais eficaz de dominação, e isso era o que ele mais queria nesse momento: a submissão dos terráqueos ao seu poder.

– Chega de exibição. Está na hora de nosso ataque aos zetenianos. Eles são o nosso alvo e precisam saber que não deveriam ter invadido a nossa base. Precisam saber que ainda somos os mesmos.

Assim, verificou as coordenadas da base zetaniana no painel e ordenou a partida. Ao aproximarem-se da casa de Zorb, atiraram um raio avermelhado que refletiu no campo de força zetaniano, retornando para eles sem, no entanto, abalar suas estruturas.

– Atirem de novo! – gritou Rino aos seus subordinados, que, envolvidos pela situação, agiam rapidamente executando o que ele ordenava.

Novamente atiraram o raio rubro, que não penetrou no campo de força dos zetanianos. Isso fez com que Rino ficasse muito irritado e preparasse outra estratégia de ataque, estava acostumado com lutas e guerras.

– Procurem uma brecha. Tem que existir! – falou ofegante, com toda força de um guerreiro experiente.

O operador do painel perscrutou insistentemente, com a ajuda de um *scanner*, o mapa da base zetaniana à procura de uma falha no sistema de segurança deles. E a brecha realmente existia. Então, lançaram o raio novamente, desta vez na direção da entrada dos fundos, segundo o mapa, e uma explosão se fez ouvir, arremessando a porta e paredes que davam passagem para a garagem.

– Conseguimos! Agora ficará fácil destruir a base. Atirem novamente – gritou agitado, ordenando o ataque sem piedade.

Continuaram atirando raios que atingiram a casa, que explodiu completamente, tornando-se apenas escombros do que antes era uma residência maravilhosa. Rino gargalhava histericamente. Viera para destruir e havia conseguido. Nada como o sabor da vitória.

De repente, duas naves zetanianas apareceram em frente da formação triangular dos reptilianos, atirando raios azuis na direção da nave maior, onde Rino encontrava-se. O campo de força conseguiu desviar os raios azuis, mas isso fez com que a nave de Rino saísse da formação e fosse à direção das naves zetanianas. Novamente houve trocas de raios, que foram desviados pelos campos de força de ambas as naves. Então, a nave zetaniana atirou um raio branco, maior e mais potente, que se dividiu em três e atingiu simultaneamente as naves reptilianas. A nave maior, onde Rino se encontrava, foi atingida em cheio.

Rino não podia acreditar no que estava acontecendo. Não podia ser verdade que acabara de ser pego. Não ele: o grande guerreiro reptiliano.

– Depressa. Fomos atingidos. Precisamos voltar para a base – ordenou Rino, sem acreditar que teria de recuar.

A nave dele começou a rodopiar, ficando à deriva. Imediatamente, Rino afastou o piloto, tomou a direção, recuou e conseguiu o controle manual. Então, deu a volta e, em uma velocidade incrível, dirigiu-se no sentido do mar, submergindo. As outras duas naves ainda tentaram acertar as naves zetanianas, que, protegidas pelo campo de força, refletiram os raios na direção das naves reptilianas. Finalmente, essas também recuaram e voltaram para a base.

A população que assistiu à luta sem precedentes nos céus da Barra da Tijuca não entendeu o seu significado. Só percebeu que eram naves completamente diferentes, o que os fez concluir que havia mais de um tipo de alienígena neste planeta. Repórteres de vários canais de televisão filmaram e transmitiram as notícias em tempo real. Tudo era visualizado por uma população assustada, sem entender o porquê de tudo aquilo.

Zorb se encontrava em uma das naves que havia atacado os reptilianos, juntamente com a tripulação e Júlia. Estava feliz por ter conseguido que eles recuassem, porém preocupado com a revelação da presença deles neste planeta, que agora não teria mais a mesma tranquilidade. Na outra nave, Zig comandava o ataque, junto com Zara. Então, comunicaram-se entre si, fizeram uma manobra rápida e, em segundos, subiram, desaparecendo nos céus diante da multidão extasiada.

A base estava completamente destruída. Não havia como permanecer mais ali. Felizmente os reptilianos não tinham conhecimento da base de Teresópolis, e era para lá que eles se dirigiam agora. Júlia estava com eles. Não poderia ser diferente. Não agora depois da batalha aérea. Seria muito perigoso deixá-la na Barra da Tijuca.

# 30

# ALIANÇA

Júlia avisou seus pais que estava bem e com Zorb, dirigindo-se para Teresópolis. Ficou preocupada com o que eles poderiam pensar que tivesse acontecido com ela, uma vez que a televisão não parava de mostrar a casa de Zorb, completamente destruída, após a batalha nos céus. Conhecendo sua mãe, como conhecia, sabia que devia estar muito nervosa com o seu paradeiro.

Ao chegarem a Teresópolis a bordo da nave, sobrevoaram as montanhas da Serra dos Órgãos. Júlia encontrava-se próximo à janela panorâmica e, pela primeira vez, pôde admirar a vista aérea do lugar, encantando-se com o *Dedo de Deus*, que nunca havia visto de tão perto e daquele ângulo. A imagem era de tirar o fôlego. Parecia estar em um jogo virtual, admirando paisagens que só existiam em seus sonhos. Não parecia real. Deslumbrada com aquilo tudo, pôde ter um momento de paz, pensando na beleza da Natureza que seu planeta apresentava e que teria de ser preservada, para o bem de todos e pela continuação da vida terrena. Neste momento, Zorb aproximou-se dela e colocou o braço em volta de sua cintura, trazendo-a para perto de si.

– Tudo bem, meu amor? – sussurrou em seu ouvido.

– Tudo bem – respondeu ela, virando-se para ele com um sorriso contagiante, porém logo franziu a testa, mostrando preocupação. – Só estou angustiada com a destruição da base da Barra. Vocês devem ter perdido muita coisa, como dados e aparelhagem tecnológica.

– Não se preocupe com isso. Nossos dados são reproduzidos e enviados para todas as bases. E quanto ao aparato tecnológico, temos como repor tudo em nossa base lunar. Precisamos estar sempre prontos para batalhas. Não são novidades para nós.

Júlia suspirou.

– Pelo visto, não serão mais novidades para os terráqueos também. Os reptilianos resolveram se mostrar para o planeta. E agora, o que poderá acontecer depois disso tudo? E os tratados com a humanidade? – indagou apreensiva.

– Infelizmente, agora tudo pode acontecer. Teremos que estar preparados para isso. A humanidade precisará estar pronta, talvez para uma guerra. Acabaram-se os segredos. Não há mais como esconder tudo isso da população. Tudo está na televisão e na internet – comentou ele e apertou-a contra si, para acalmá-la.

– Mais uma coisa me preocupa, Zorb – disse Júlia ao afastar-se dele para olhar em seus olhos. – A repercussão que a destruição de sua casa poderá trazer. Nada mais ficará escondido, pois como você mesmo disse, está tudo na televisão e na Internet. Isso poderá te trazer problemas em relação a sua identidade aqui na Terra – comentou ela.

– Não se preocupe com isso, querida – tranquilizou-a. – Quando alugamos aquela casa, pensamos em tudo. Por isso escolhemos uma rua calma e pacata, em um lugar isolado. Os vizinhos não nos conheciam, pois só percebiam a entrada e saída de carros, com vidros fumês, sem verem nossos rostos. Além disso, a casa está no nome de uma firma fictícia. Não vão nos descobrir. Nossa identidade está preservada.

Júlia suspirou, novamente. Agora sim se sentia aliviada. Encostou o rosto no peito de Zorb e relaxou.

Então, os dois acompanharam, pela janela panorâmica, a chegada no túnel da base de Teresópolis com as naves camufladas, a fim de não serem visualizadas pelas pessoas locais. As naves percorreram o túnel até a chegada na garagem subterrânea, onde grupos de soldados zetanianos os esperavam. Eles desceram e dirigiram-se para o interior da casa.

✝✝✝

Enquanto isso, as naves atingidas chegaram à base reptiliana. Rino desceu, arrasado, sentindo-se completamente derrotado pelo que acabara de acontecer. Não estava preparado para este momento, pois fora acostumado com vitórias e reconhecimentos. Entretanto, o pior estava por vir. Ao colocar os pés para fora da nave, foi surpreendido por Ret e os rebeldes, que o esperavam para rendê-lo.

– Ret, seu lagarto traiçoeiro! – jogou-se para trás, tentando fugir do cerco. – Eu pressentia que não podia confiar em você. Sempre arredio. Algo me dizia que um dia você me apunhalaria pelas costas – Rino gritava e movia-se, tentando fugir dos reptilianos, que tentavam segurá-lo.

Rapidamente, antes que alguém reagisse, Rino jogou-se no chão, sacou sua arma e atirou na direção de Ret, que teve o braço ferido de raspão. Entretanto, seu amigo Roto, que se encontrava ao seu lado, foi atingido em cheio e caiu no chão na mesma hora. Imediatamente os rebeldes imobilizaram Rino, que esbravejou de irritação e o levaram para a prisão da base. Ret abaixou-se e segurou Roto com cuidado.

– Depressa, chamem Rana imediatamente! Roto está muito ferido. – ordenou em voz alta para os soldados rebeldes, desesperado ao ver seu amigo caído no chão.

– Ret... Não adianta... Estou muito mal... Nada mais poderá me salvar – murmurou Roto cansado, enquanto seu sangue escorria pela boca a cada palavra.

– Não fale mais nada. Fique quieto, meu amigo! Vamos esperar Rana. Ela vai te ajudar – consolou Ret, aflito.

– Não posso ficar quieto... Preciso falar... Para mim não há mais esperança, mas para você... Meu amigo, há sim – e quase engasgou-se com seu próprio sangue, que continuava a fluir. – Continue lutando pelo nosso povo... Mas, não se esqueça de você mesmo. A Rana... – e respirou profundamente, tentando se agarrar ao que ainda tinha de vida. – Rana ama você, e eu sei que você também a quer... NNNão deixe isso se perder no tempo... A vida passa rapidamente e precisamos de um pouco de felicidade... Então... Não deixe... – lentamente, suas forças foram acabando e seus olhos se fechando, a vida começou a deixá-lo.

Neste momento, Rana chegou para constatar o que já se sabia: O ferimento havia sido letal. Nada mais podia ser feito. Roto estava morto. Ret e alguns soldados levantaram Roto e o levaram para uma sala especial, onde seu corpo poderia ser velado.

Os reptilianos acreditavam em um Deus criador do Universo e na vida após a morte. Para eles, o pós-morte seria apenas uma mudança de dimensão, para todo e qualquer ser vivo. Nos seus rituais de passagem, faziam a cremação do ser que acabara de partir, para não deixar nesta dimensão nenhum resíduo dele, a não ser as cinzas. E, assim, fizeram com Roto. Esperaram a despedida daqueles que o conheciam na base, mandaram mensagens e imagens para os pais e o cremaram.

Ret não conseguia parar de pensar nas últimas palavras de seu amigo. Olhava para Rana e imaginava o que poderia fazer. A vida não se resumia apenas a guerras, afinal. Havia muito mais a ser vivido e ele começava a querer esse algo mais.

A tomada da base pelos rebeldes havia sido decidida assim que Rino partiu para atacar a base zetaniana. Rana havia finalmente se unido a eles, dando todo apoio de que precisavam. Ret era o novo líder, mas apenas daquela base, não de todos os reptilianos. A maioria ainda estava do lado de Rino e isso significava que muita coisa ainda poderia acontecer. Haviam vencido apenas uma batalha, não a guerra completa. Ret sabia que essa era a hora certa para buscar o apoio de Zorb. Só não sabia como fazê-lo, uma vez que sua base na Barra estava destruída. Onde ele teria se refugiado após a perda de sua base? Ret precisava descobrir. Sua própria vida e a vida de seu grupo dependeriam disso. Ele proporia uma aliança. Era a sua única saída.

†✝†

Uma semana havia se passado desde que tinham saído da Barra. Júlia estava preocupada com o que fazer em relação à própria vida. Precisava voltar para a escola, afinal, o ano letivo estava acabando e teria que fazer as provas. Mas, preocupava-se muito mais com seus pais, com quem se comunicava todos os dias para saber se estavam bem. Temia por um novo ataque reptiliano em sua casa, pois Rino sabia onde ela morava e não conseguia parar de pensar que seus pais corriam perigo de vida. Entretanto, Zorb não queria que sua amada voltasse, pois temia por ela. Por isso, seu único consolo era a comunicação com Mariana pela Internet, que lhe contava as novidades da escola – como o sumiço do professor de biologia, e de Saulo, o que todos achavam muito estranho. Júlia fazia-se de surpresa e desconversava, sem poder dizer muita coisa, a não ser que precisara viajar com urgência para ajudar uma tia doente. Tinha certeza de que Mariana não engolira aquela desculpa, mas a sustentava assim mesmo.

Naquela tarde, foi surpreendida por um chamado de sua mãe no celular.

– Alô, Júlia?

– Oi, mãe. Que saudades! Como vai?

– Júlia, preciso que você venha me ver ainda hoje. Preciso de você. – disse com uma voz estranha, que parecia abafada por algum motivo.

– Mãe, está tudo bem? Sua voz está diferente... – disse ela preocupada, em seguida aproximou-se de Zorb para que ele também escutasse a conversa.

– Estou bem, filha. Mas preciso de você. Por favor, peça ao Marcos para trazê-la o mais rápido possível, sim?

– Estranho ela ter te chamado de Marcos depois de estar te chamando de Zorb – cochichou Júlia com ele.

– Diga a ela que vamos ainda hoje – ele também sussurrou.

Assim que Júlia desligou o celular, Zorb a abraçou e disse:

– Não quero te assustar, querida, mas tem alguma coisa errada. Temos que ir agora mesmo para sua casa ver de perto o que está acontecendo. Precisamos nos teletransportar para lá, imediatamente – comunicou.

Zorb chamou Zig e avisou-o sobre o que planejava fazer. Entretanto, Zig não achou bom ele e Júlia irem sozinhos e escalou um grupo de soldados zetanianos para acompanhá-los. Então, Zorb e Júlia, acompanhados de um grupo de dez zetanianos, foram teletransportados para o interior da sala da casa de Júlia.

Assim que se materializaram, levaram um susto. Os pais de Júlia encontravam-se sentados no sofá, localizado no centro da sala de visitas, cercados pelos reptilianos. Entre eles, Ret, que posicionava-se como o líder.

– Mãe... Pai...! – gritou Júlia. – Vocês estão bem? – quis aproximar-se, porém foi retida por Zorb, que a segurou pela cintura.

– Fique calma, Júlia – disse Ret em tom autoritário. – Não fizemos mal aos seus pais, e nem pretendemos. Vim aqui para reclamar o nosso trato. Não esqueceu que fui eu quem tentou te libertar da base reptiliana? – Ret esperou pela confirmação dela.

– Não, Ret. Eu jamais esqueceria disso. Não sou mal-agradecida. Contei a Zorb tudo que você fez por mim – ela olhou para Zorb.

– Sim, ela me contou tudo... – confirmou ele. – Então, você formou um grupo de resistência contra Rino? Por quê? Qual o seu objetivo com isso tudo?

– Na verdade, Rino não está mais no comando da base. Eu a tomei. Sou o novo líder e ele está preso – anunciou Ret, sem disfarçar o orgulho. – Entretanto, não tenho a aceitação unânime de meu povo. Um grupo muito grande quer a tomada deste planeta. Eu e meu grupo, não. Queremos negociar. Precisamos de recursos minerais deste planeta e podemos trocar por tecnologia. Não precisamos de mais guerras e mortes desnecessárias, como aconteceu no seu planeta – acrescentou com convicção.

– Como posso confiar em vocês depois de tudo que passamos por sua causa? – questionou Zorb. – Meu planeta quase foi destruído! Perdemos vidas, muitas vidas, além de recursos, florestas que tiveram de ser replantadas. Nossa água poderia ter se esgotado. Quer que eu me alie a você agora, depois de tudo? – contestou enfurecido.

– Não somos iguais ao grupo que atacou seu planeta naquela época. Somos outra geração, apesar de o ódio ter sido cultivado entre alguns da nova geração. Mas nós aprendemos muito com as perdas que também tivemos. Não foram somente vocês que perderam. Nosso planeta pode ser recuperado, basta que tenhamos ajuda e força de trabalho, que não nos falta – disse com orgulho. – Eu já sabia que pertenço a uma família muito importante do meu planeta. Isso também foi confirmado por Rino, agora que o prendi. Ainda não sei minha real posição, mas seja qual for, você tem a minha palavra que a nossa aliança, que pode começar hoje, tem caráter perpétuo. A maior prova que pude te dar foi ter libertado Júlia das garras de Rino. O que eu ganharia com isso, se não a tua confiança? Não te desapontarei.

E naquele momento, Ret aproximou-se de Zorb e lhe estendeu a mão, com a palma voltada para cima. Este sinal tinha caráter pacífico entre os planetas que faziam aliança em prol de um bem maior.

Então, Zorb olhou para Júlia, que sorriu, incentivando-o. Depois, olhou para os zetanianos que o acompanhavam e representavam o povo pacífico por natureza que sempre foram. Eles também lhe deram sinal afirmativo. Assim, Zorb estendeu sua mão com a palma voltada para baixo e tocou a palma de Ret, fechando uma aliança para, juntos, iniciarem um novo começo entre seus povos. Começo difícil, uma vez que os reptilianos estavam divididos e a aliança aconteceu somente com os rebeldes.

Aliança feita, paz parcial.

Assim, os reptilianos voltaram para sua base e Júlia decidiu ficar em casa com os pais e retornar à escola, para terminar o ano, voltando à vida normal. Ocorreria uma trégua, pelo menos por enquanto, com os reptilianos rebeldes. Mas, e com os outros?

# 31

# A VOLTA

Júlia não podia acreditar que tudo havia voltado à rotina. Na verdade, para ela nada mais seria normal, não depois de tudo o que havia passado e descoberto ao seu respeito. Nada mais seria como antes. Entretanto, uma vez que estava de volta à sua casa, pelo menos, aparentemente, tudo parecia comum novamente. No dia seguinte ela teria aula na escola e precisaria acordar cedo, portanto, já estava na cama, pronta para adormecer. Apesar de estar sem sono, tentava desesperadamente dormir para poder descansar um pouco depois de tanta agitação. Sem perceber, apagou.

E outro dia iniciava, belo, com um sol maravilhoso que penetrava em seu quarto em forma de raios coloridos, pelas frestas de sua janela, fazendo-a acordar antes de o relógio despertar. Júlia levantou, abriu a janela e olhou a paisagem do alto de seu quarto. *Que dia lindo!*

Mais do que rápido, tomou banho, escovou os dentes e se aprontou para ir à escola. Nunca imaginou que sentiria isso, mas estava com saudades da vida escolar. Sua mãe a levaria como sempre e Júlia estava ansiosa para rever Mariana. Como estaria ela? Também tinha saudades? Saudades de suas conversas, de seus segredos... E aí lhe ocorreu que Mariana nem imaginava o que havia lhe acontecido. Deveria contar a verdade? Júlia ainda não sabia o que fazer. Decidiria quando estivesse frente a frente com a amiga.

Assim, após tomar café com sua mãe, as duas saíram na direção da escola. Ao chegar lá, despediu-se da mãe e dirigiu-se ao portão de entrada, imaginando que Mariana já tivesse chegado. Bingo! Lá estava ela, sentada no banco da frente, distraída com um livro.

– Mariana, tudo bem? – disse repentinamente, assustando-a.

– Júlia? É você mesmo? Ressuscitou? O que aconteceu? Que tia é essa que você foi visitar, numa hora dessas, perdendo aula e provas? – disse de uma vez só, quase sem respirar.

– Mariana – exclamou, rindo para valer com todo aquele interrogatório. – Eu estou bem. E não sumi, não. Só precisei me ausentar... por motivos particulares. Mas, já estou de volta para podermos colocar nossos papos em dia – e, mais uma vez, riu da situação. Ah, como precisava rir. Estava cansada de tanta preocupação e sua amiga era a melhor receita para relaxar. Sentia-se revigorada por estar ali com ela. – Temos muito que conversar. Tenho milhões de novidades para te contar.

– Então, pode ir começando. Sabe que não aguento esperar, ainda mais quando se trata de novidades. Vamos, desembuche! – pediu Mariana ansiosa.

– Não pode ser assim... Não podemos conversar assuntos sérios na entrada da escola. Depois te conto – e dirigiu-se para a entrada da escola.

– Espere aí, sua apressadinha. Espere por mim – Mariana levantou-se e seguiu Júlia. – Está muito afobada.

As duas seguiram no sentido da sala de aula, rindo, felizes por estarem juntas novamente. Logo que chegaram, Júlia sentiu os olhares das meninas em sua direção. Parecia que estavam fazendo uma varredura do seu esqueleto, verificando cada centímetro de seu corpo para ver se algo havia mudado. *Como podem ser tão fofoqueiras!* Pensou Júlia, observando Saulo sentado com o grupo de meninas, no fundo da sala. Ele lhe sorriu, cumprimentando-a, e ela lhe respondeu, sorrindo também. Tudo teria de parecer "normal". Teriam que agir como se tudo continuasse igual ao que era antes. Não seria difícil, afinal, o ano já estava acabando. Só faltavam três semanas.

Saulo, ou melhor, Ret, havia lhe dito que voltaria para a escola, apesar de sua missão ter acabado. Temia que o grupo de reptilianos favorável a Rino pudesse tentar levá-la. Sendo assim, decidiu que ficaria por perto para ajudar, uma vez que seria mais fácil para ele reconhecer qualquer tentativa de rapto. Seria uma forma de mostrar lealdade ao pacto que fizera com Zorb.

E, assim, como era uma segunda-feira, começaram com matemática. Júlia, desta vez, não se deu o trabalho de disfarçar a sua facilidade nos cálculos dos problemas apresentados, o que fez com que até Mariana percebesse e questionasse.

– Nossa! O que esta semana fora fez com sua cabeça, abriu? De onde veio tanta facilidade para a terrível matemática? – perguntou atônita.

– É que estive estudando um pouco – respondeu disfarçando.

– Ah, bom! Por que não disse antes? Nada que um estudo acirrado não resolva – comentou desconfiada.

Depois dos dois tempos de matemática, a aula de literatura voou como sempre enquanto discutiam os assuntos tratados na última semana. Embora ela não tivesse assistido às aulas, sabia de cor e salteado do que se tratava. Amava literatura.

Finalmente chegou a hora do intervalo. Ao mesmo tempo em que o desejava, também o temia, pois ainda não havia decidido o que contar para Mariana. Não sabia se lhe contava toda a verdade ou se omitia a maioria, pois temia a reação da amiga. Não devia contar a verdade completa, pois nem ela mesma sabia o que iria acontecer. Havia ouvido os colegas comentando sobre invasões alienígenas na Terra, tratados de extraterrenos com o nosso mundo, e assim por diante. Na verdade, o assunto era o mais discutido na mídia. Como contar para Mariana que ela fazia parte disso tudo?

Então, dirigiram-se para a lanchonete da escola. Desta vez, Júlia havia trazido lanche de casa, pois não queria perder tempo em filas. Entretanto, Mariana teve que enfrentar a fila, enquanto ela lhe fazia companhia.

– Pode ir começando o assunto das novidades. Não aguento mais. Tive que esperar três aulas. É muito tempo! – disse e encarou Júlia, ansiosa pelo que ela tinha para lhe contar.

– Estou apaixonada pelo Marcos – Júlia cochichou no ouvido de Mariana, rindo à toa.

– Ora, Júlia. Isso não é mais novidade. Não brinque comigo – e apertou-lhe o braço. – Quer me matar de curiosidade?

Júlia ria, tentando ganhar tempo até que Mariana comprasse o seu lanche. Ela pediu um pastel de queijo, um refrigerante e as duas dirigiram-se para as mesas mais afastadas, que, como sempre, ficavam vazias e assim conversariam mais à vontade.

– Você tem assistido à TV ultimamente? – Júlia perguntou, ao sentar-se na cadeira do canto.

– Sim, claro. Invasões alienígenas... Batalhas no céu, que a TV não cansa de mostrar. Mas não é esse o assunto que me interessa. Quero saber de você, minha melhor amiga – disse e sentou-se na outra cadeira. Pegou um pedaço do delicioso pastel quentinho, que exalava o cheiro de queijo derretido, fazendo Júlia desejar um pedaço.

– Pois o assunto tem tudo a ver comigo – anunciou ao encarar Mariana.

– Como assim, com você? Desde quando você tem alguma relação com alienígenas? – perguntou curiosa.

– Desde que descobri que faço parte de uma experiência com os alienígenas – respondeu calmamente.

– Experiência? – perguntou Mariana, engasgando-se com o pastel.

– Amiga. É uma longa história. Vou te contar tudo, mas tem de me dar tempo, pois têm coisas que nem eu sei ainda – confessou ela.

Assim, as duas amigas passaram o intervalo conversando sobre o assunto, que Júlia esclareceu parcialmente, dizendo ter sido abduzida na infância. Teve o cuidado de contar só o que lhe convinha, sem revelar a identidade de Marcos e Saulo. Ao voltarem para a sala de aula, Júlia sabia que iria encontrar Marcos novamente como professor de biologia. Precisava se policiar para não chamá-lo de Zorb, pois ficara acostumada depois da convivência dos últimos dias. Ao entrarem na sala de aula, Marcos já se encontrava lá e olhou para ela, dando uma leve piscada. Conversou com os alunos, desculpando-se pelas faltas e justificou alegando doenças na família, o que havia provocado seu afastamento momentâneo. Era engraçado observar Marcos e Saulo, agora aliados, agindo como aluno e professor. Afinal, teriam que preservar suas identidades se quisessem continuar aliados e "inimigos" perante o restante dos reptilianos.

Quando a aula terminou, Júlia e Mariana pegaram seus respectivos materiais para sair da sala. Marcos falou para Júlia que precisava conversar com ela. Portanto, Mariana resolveu afastar-se e esperá-la fora da sala.

– Júlia, já estou morrendo de saudades. Fiquei mal-acostumado com você perto de mim nesses dias em que passamos juntos. Pena que não posso beijá-la aqui mesmo, agora, neste exato momento – respirou fundo e encarou-a, demoradamente.

– Pois é – Júlia se aproximou um pouco e olhou para a boca dele. – É uma pena que não posso nem ao menos tocá-lo – e levantou o olhar.

Zorb respirou fundo.

– Vou buscá-la no fim da tarde – falou, quebrando o encanto. – Zig disse que precisa falar com nós dois, juntos. Tem algo importante para nos revelar – afirmou, começando a guardar seu material em sua pasta preta.

– O que será desta vez? Mais novidades? – questionou ela, curiosa.

– Não sei do que se trata, mas ele sempre tem algo a dizer, não importa o assunto – sorriu.

– Estarei te esperando. Tchau, meu professor favorito! – disse e saiu vagarosamente da sala, sem tirar os olhos dele.

– Tchau, minha aluna predileta – e acompanhou-a com os olhos, admirando-a pensativo, até que ela sumiu no fim do corredor.

# 32

# REVELAÇÃO

    Ao entardecer, Zorb foi buscar Júlia em sua casa. Como a sua base na Barra havia sido destruída, ele agora ficava em Teresópolis e usava o teletransporte para se deslocar. Entretanto, sabia que precisava montar outra base naquele bairro, pois seria mais viável para ele ter uma base próximo à casa de Júlia. Entrou em contato com ela antes, para que se aprontasse, e projetou-se na sala de sua casa, onde Júlia e seus pais já o aguardavam.

    – Não se preocupe, sr. Paulo, eu a trago de volta cedo – segurou as mãos de Júlia e preparou-se para o teletransporte.

    Assim, deixaram a casa de Júlia, por volta das 18 horas, e apareceram na sala da casa de Teresópolis, onde Zig os esperava.

    – Que bom que chegaram cedo, pois teremos tempo suficiente para conversar. O assunto é longo e exige total atenção da parte de vocês dois – disse ele, depois sentou-se no sofá central da sala e sinalizou o outro sofá de dois lugares, para que eles se acomodassem. Zara chegou à sala, abraçou Júlia e acomodou-se ao lado de Zig. Então, Zig olhou diretamente para Zorb e começou.

    – Há coisas que você ainda não sabe a seu respeito, Zorb, entretanto, precisa saber. Não lhe foram ditas antes porque você não entenderia. Mas, agora, chegou a hora – e olhou para Zara, para que ela continuasse.

    – Viemos para este planeta quando você ainda era muito jovem e precisava ser cuidado e treinado. E é o que temos feito desde então. Mas... – olhou para Zig, segurando sua mão – Na verdade, não somos os seus verdadeiros pais... Somos teus tutores – revelou Zara.

O silêncio se fez presente naquele momento enquanto Zorb, com um olhar de surpresa e espanto, parecia não acreditar no que acabara de ouvir.

– Fomos agraciados com a honra de representarmos seus pais, para que você tivesse um apoio neste planeta, durante o tempo em que estivesse aqui – completou ela.

– Então, também eu tenho vivido uma... mentira? Sem saber quem realmente sou? – perguntou Zorb, surpreso e angustiado, tentando esconder sentimentos que não conseguia mais disfarçar. Olhou para Júlia, que segurou sua mão amorosamente.

– Zorb – continuou Zig. – Você não é apenas um cavaleiro de Zeta, como tem sido dito a você, mas, sim, o herdeiro do Império Zetaniano. É claro que nós o treinamos como cavaleiro e o preparamos durante todos esses anos para batalhas ou guerras. Porém, há uma verdade maior: Você é o único filho de Zorb II e Zaira. Eles se casaram muito jovens e representavam a esperança da continuidade de um império justo em nosso planeta. Porém, morreram quando você tinha apenas 3 meses de vida. Seus pais foram... assassinados – ele respirou, fazendo uma pausa. – Seu avô, Zorb I, achou melhor te enviar para este planeta com o objetivo de te proteger, escondendo sua verdadeira identidade entre os próprios zetanianos. Até hoje não sabemos quem assassinou seus pais. Pode ter sido alguém do nosso próprio meio.

Zorb mostrava-se preocupado e ao mesmo tempo triste, pois sua vida não era mais o que ele achava que era. E agora? Qual a finalidade de tudo que havia vivido e feito? Sentimentos controversos passavam pela sua cabeça. Não sabia mais o que pensar. Teria que reaprender tudo de novo? Sua responsabilidade para com seu povo era muito maior do que havia imaginado. Agora ele sabia disso. Júlia, que estava sentada ao seu lado, também surpresa, apenas abraçava Zorb, demonstrando todo seu apoio àquele que tanto amava.

– Por que viemos para a Terra? Obviamente, não foi apenas pelas experiências que foram realizadas... O que há, além disso? – perguntou Zorb desconfiado.

Zara e Zig olharam-se por um instante.

— Além de ter um lugar para você ser criado, sem que soubessem de sua verdadeira identidade, viemos também por causa de Júlia. Você precisava conhecê-la, cuidar dela, ajudá-la a se desenvolver e deixar que um sentimento profundo crescesse entre vocês. Ela foi preparada para você, Zorb. Vocês precisavam deste contato para que o amor nascesse entre ambos, pois os dois herdarão o Império Zetaniano — complementou Zara. — Significará a união dos dois mundos num só, uma vez que precisamos da Terra e a Terra de nós. Nada mais perfeito do que uma união, selando o pacto entre os dois planetas.

Júlia olhou para Zorb, atônita pela revelação, sem saber o que pensar. O amor entre eles, ela sabia que era verdadeiro, pois havia crescido com eles. Sem conhecer a história, os dois se apaixonaram de verdade. Entretanto, estavam dentro de um plano muito maior do que eles tinham imaginado. Sentiam-se traídos pelos planos que foram traçados para eles, sem que tivessem tido conhecimento. Olhou para Zorb novamente, preocupada com o que os aguardava. Zorb correspondeu ao seu olhar, também preocupado, porém tentando lhe passar ternura e esperança. *Eu te amo, Júlia. Você é minha vida e toda minha esperança. Nosso amor não é uma mentira. Nosso amor é real,* disse telepaticamente para ela, que também lhe respondeu telepaticamente: *Sabe que sem você minha vida não teria sentido, porque te amo demais.*

Assim, o casal surpreso com a notícia que acabaram de receber, ficou em silêncio. Olharam para Zig e depois para Zara, esperando pelo que mais haveria de vir. Estavam surpresos, porém sabiam que, unidos, tudo suportariam.

— Fale-me mais de meus pais e avós. Quem eram eles? O que faziam? Como se conheceram? O que realmente aconteceu com eles? — perguntou curioso, querendo saber mais de sua própria história.

— Seus pais formavam um casal zetaniano perfeito — iniciou Zig. — Seu avô em pessoa selecionou geneticamente a jovem Zaira para o casamento com seu filho Zorb II, futuro imperador de Zeta, ainda bebê. Ela fazia parte de uma família muito próxima da realeza e que preenchia todos os requisitos para se tornar a futura imperatriz de Zeta. Foi educada de maneira muito rígida e próxima da família imperial, para conhecer todos os quesitos exigidos pela posição que ocuparia. Sabemos que os jovens acostumaram-se com a presença um do outro. O "amor" em Zeta era assim que acontecia. Então, quando estavam prontos para os laços matrimoniais, ele por volta de 20 anos e ela dos 18, casaram-se. A festa de casamento foi algo nunca visto no planeta Zeta. Vieram convidados dos planetas amigos e tudo correu na mais perfeita paz. O jovem casal vivia bem, cumprindo o cerimonial zetaniano deles exigido. Certo dia, quando Zaira estava passeando nos jardins do castelo imperial, ela desmaiou subitamente, sendo socorrida por sua secretária pessoal. Foi levada às pressas ao médico da família, que constatou que ela estava apenas grávida. O planeta inteiro festejou o dia todo o que representava o nascimento do futuro herdeiro do Império Zetaniano. Zaira foi superprotegida para que tivesse uma gravidez calma e tranquila e, quando seu tempo foi cumprido, você, Zorb III, nasceu, no meio de festas e esperanças de um futuro feliz. Entretanto, nuvens negras pairavam sobre o reino perfeito. Quando você completou 3 meses de vida, alguém entrou nos aposentos de seus pais e os matou – Zig engoliu seco, demonstrando tristeza pelo que relatava. – Você escapou somente porque, naquele exato momento, se encontrava na casa de seus avós. Eles haviam ficado com você para desfrutar de sua companhia e deixar seus pais descansarem um pouco.

– Quem será que matou meus pais? Você disse que até hoje não descobriram? – perguntou agoniado.

– Não se sabe o que aconteceu. Seus pais foram mortos com uma arma desconhecida, pois suas vidas foram levadas, porém seus corpos foram deixados intactos, sem ferimentos. Então, foram embalsamados e se encontram na cripta real zetaniana, onde podem ser visitados. Todo jovem zetaniano conhece a história de seus imperadores e visita seus túmulos, ao menos uma vez na vida, para conhecer sua história.

– Espere um pouco! Eu os conheço. Lembro de tê-los visitado quando eu ainda era muito jovem, na companhia de vocês, meus supostos pais, e de um senhor mais velho... – Zorb parou para se lembrar do que vira e chegar a conclusões.

– Seu avô, Zorb I. Ele fez questão de estar conosco naquele dia – acrescentou Zara, emocionada. – Foi uma das visitas que fizemos com você ao nosso planeta, para que você conhecesse a história de seu povo.

– Então, eu os visitei, mas sem saber que eram meus pais... E com meu avô, sem saber que era meu avô – concluiu pensativo.

– Sim. Você esteve lá. Mas nada podia ser revelado a você naquele momento – comentou Zig.

– Mas, espere aí! Havia um bebê junto ao casal embalsamado. Eu me lembro do bebê, que todos diziam que era uma pena ter morrido tão jovem.

– Na verdade, foi colocado um boneco no lugar do bebê, para representar o filho. Assim foi passado para o povo. Todos pensam que o filho deles também morreu. Só o assassino sabe a verdade – disse Zig.

– Com o intuito de te proteger, você foi entregue a nós por seu avô, para que viéssemos para a Terra. Aqui já se encontravam em progresso todas as pesquisas com os humanos, e a tentativa de hibridização para a preservação de nossa espécie unida aos terráqueos. Então, Júlia, que já fazia parte do projeto, foi designada para sua companheira, para, junto a você, fazer parte da herança de Zeta – completou Zara. – Nosso planeta não pode mais existir sem a Terra, e a Terra não sobreviverá mais sem nós. Um precisa do outro. Nada mais justo do que unir nossas heranças.

Nesse momento, Zorb olhou para Júlia, perplexo com tudo o que acabara de ouvir. Era sua história, mas também a história dela. Haviam sido unidos, sem saber, por planos muito além de suas expectativas.

– Você foi colocado como guardião dela, para estar sempre por perto. Assim, acabou se afeiçoando a ela e aconteceu algo que há muitos anos não acontecia no nosso planeta: você se apaixonou por ela. Em nosso planeta, os casamentos são feitos por uma combinação genética. Não há paixão, amor, sentimentos... O que há é a combinação genética perfeita para que o produto final seja uma prole perfeita. Vocês conseguiram ter os dois: a combinação perfeita e o amor, com o despertar dos seus sentimentos, Zorb – disse Zig.

Só então, Zorb e Júlia perceberam a grandeza do plano no qual estavam inseridos. Faziam parte de um plano de salvação de suas respectivas espécies. O amor não havia sido planejado, porém aconteceu, e isso era um ganho sem precedentes em suas histórias. O amor, tão imprevisível, mas tão necessário.

– E agora? Entre reptilianos, terráqueos e zetanianos, o que fazer? Não imagino como recomeçar. Guerras, lutas por recursos e sobrevivência de povos tão diferentes. Haverá paz algum dia? – indagou Zorb.

– Paz é o que mais desejamos. Mas, infelizmente, entre os três povos a paz não ocorrerá sem derramamento de sangue. Sabemos disso – observou Zig.

– Júlia, para você há mais novidades – disse Zara.

Júlia olhou para Zorb de modo interrogativo, percebendo que ele era conivente com o que viria a lhe ser dito. Percebeu isso em seus olhos.

– Como você sofreu alterações genéticas, poderá usufruir de nossas manifestações especiais. Acredito que já começaram a acontecer – disse Zara, e olhou para Zig. – Uma delas é a telepatia. Sei que você e Zorb já se comunicam há algum tempo, embora esporadicamente.

– Sim, Zara. Mas porque só com Zorb e não com vocês, por exemplo? – indagou Júlia.

– Provavelmente pela ligação profunda que existe entre vocês. Mas isso será aperfeiçoado com o tempo – respondeu Zig. – E como há muito mais, com o tempo você saberá.

Júlia ficou perplexa. Seu mundo havia virado de cabeça para baixo, do dia para a noite. Não sabia mais o que poderia acontecer, entretanto sentia que o tempo tudo revelaria. Certamente ela encontraria o significado de tudo o que tinha acontecido.

Então, Zorb levantou-se e aproximou-se de Zara e Zig.

– Posso continuar a chamar vocês dois de pais? Vocês são os únicos que conheço e que aprendi a amar – disse ele, profundamente emocionado. – Até pareço com vocês fisicamente, graças ao nosso biótipo. Isso sem falar no comportamento, por conta de nossa longa convivência.

– Claro, filho! – respondeu Zig, abraçando-o. – Você será sempre meu único filho.

Zara completou o abraço, deixando que lágrimas rolassem de seus olhos.

– Vejam, só. Não somos mais os mesmos. A emoção agora nos consome, né filho? – completou ela.

O tempo havia corrido muito rapidamente. Estava na hora de ir para casa. Zorb preparou-se para levar Júlia, e, assim, teletransportaram-se para a sala de sua casa. Júlia já começava a encarar essas viagens de teletransporte como se isso fosse a coisa mais natural do mundo.

# EPÍLOGO

Aquele fim de ano escolar jamais seria igual aos outros.
Não para Júlia.
Não depois de tudo que havia vivido e descoberto a respeito de sua história pessoal. As últimas semanas haviam voado, literalmente. Júlia fez as últimas provas do ano e conseguiu excelentes notas. Foi aprovada em tudo. Seu raciocínio funcionava além do normal, mas, apesar disso, tinha que manter as aparências de uma terráquea comum. Em algumas matérias tirou notas para passar raspando, para se equiparar aos seus colegas de turma, especialmente em matemática. Não poderia mostrar que sabia muito além do que estava sendo ensinado. Tudo tinha que parecer como deveria ser. Como era o último ano do Ensino Médio, teriam uma formatura e as duas últimas semanas haviam sido reservadas para as compras dos vestidos. Júlia e Mariana foram ao shopping em busca do vestido perfeito. Não poderia ser qualquer um. Tinha de ser marcante... Inesquecível! Queria estar linda para que *Zorb se apaixonasse mais uma vez*. Assim, Júlia e Mariana começaram a via crúcis da escolha dos vestidos, até que os encontraram em uma loja de vestidos de festas em um shopping na Barra.

Era quinta-feira, e a festa seria no sábado. Teriam uma colação de grau no teatro da escola e, logo depois, um baile de formatura em uma casa de festas que fora paga em prestações pelos alunos da turma. Ela sonhava com o baile, pois além da finalização de seus estudos, teria um momento de lazer ao lado dos amigos, familiares e de Marcos – seu Zorb, aquele que não saía de seus pensamentos. Sabia que o baile seria inesquecível e não via a hora do momento tão esperado chegar. Já tinha

# EPÍLOGO

o vestido, os sapatos e as joias que usaria no baile. Cada detalhe havia sido pensado, até mesmo sua Cruz Missioneira havia sido modificada. Zorb lhe fez uma réplica dourada e cravejada de pedras preciosas, tornando-a uma joia. Deu-lhe como presente de formatura e como sinal de seu compromisso com ela. Ela adorou o presente, afinal, não era todo dia que se ganhava uma joia. Decidiu que o usaria orgulhosamente na festa.

Assim, o tão esperado sábado chegou, deixando todos nervosos com os preparativos para as comemorações. Júlia chegou cedo à escola para a colação de grau, atendendo ao pedido da direção. Além disso, havia combinado com Mariana de encontrarem-se antes, para arrumarem-se juntas. Mariana gostava de dar um último retoque na maquiagem e ajudava Júlia a verificar a sua também. As duas não se desgrudavam do espelho do banheiro, verificando cada detalhe. Quando saíram do banheiro, para a formação com a turma, Júlia não deixou de observar como Saulo era popular entre as meninas. A capa azul da formatura destacava-se na sua pele morena e combinava com seus olhos verdes. As meninas não o deixavam em paz, ora puxando assunto com ele, ora trazendo-lhe salgadinhos da mesa de comes e bebes que foi preparada só para os formandos lancharem antes da cerimônia, pela comissão de formatura.

A cerimônia seguiu o padrão da escola. Tiveram que colocar uma capa curta azul por cima da roupa, entrar em uma fila e seguir a marcha até o auditório, colocando-se nas cadeiras atrás da mesa, composta pelos professores com suas respectivas becas.

Júlia não pôde deixar de admirar a beleza e elegância de Marcos, que compunha a mesa dos professores. Ela não o havia visto ainda e respirou fundo ao ver como ele estava lindo de beca azul, contrastando com sua pele extremamente clara e perfeita. Parecia uma pintura de tão lindo. Seriam os olhos dela que o viam assim? Não. Certamente os outros também estariam vendo o mesmo que ela. O seu Zorb era realmente uma alucinação, de tão perfeito. Suspirou novamente, satisfeita com a sensação de que ele lhe pertencia. E como isso lhe fazia bem... Saber que ele era só seu.

Então começaram os discursos, as homenagens e finalmente o chamado de cada aluno individualmente, para receber o canudo simbólico. Ao ser chamada, Júlia levantou-se nervosamente e procurou andar devagar. Atrapalhada como era, temia levar um belo tombo e cair diante da plateia. *Já imaginou o vexame. Cair na frente de todos os meus amigos, parentes, inimigos e diante de Zorb. Não suportaria!* Então, caminhou calmamente para receber o canudo das mãos de Marcos, que lhe sorriu animadamente. Ao receber o canudo, sorriu, beijou-lhe as faces e posou para a foto. Depois andou, ainda devagar, até seu lugar. Perfeito. Tudo perfeito... Suspirou relaxadamente.

Todos foram chamados. Mariana recebeu o canudo da professora de matemática – que gostava muito dela –, e Saulo recebeu o canudo de Marcos. Ao apertarem as mãos, Júlia lembrou-se do pacto entre eles. Era como se estivessem renovando-o naquele momento.

Assim que acabou a colação de grau, nova agitação se formou. As pessoas saíam da escola e pegavam seus carros apressadamente para dirigirem-se para a casa de festas, que não ficava muito longe.

†✝†

Júlia foi de carro com Marcos, enquanto seus pais acabaram dando carona para algumas pessoas.

Ao chegarem, dirigiram-se para uma mesa grande e redonda reservada para sua família. A comissão de formatura havia separado as mesas por famílias ou grupos, de acordo com o número de pessoas. Júlia e Mariana partilhavam a mesma mesa, com lugares para os pais e namorados.

Embora fosse novidade para alguns, já não era para a maioria que Júlia e Marcos agora eram namorados. Muitas colegas passavam perto deles, perguntando-se o que Júlia havia feito para conquistar o professor mais lindo que aquela escola já havia tido. Algumas se mordiam de inveja, enquanto outras comentavam que eles formavam um belo casal.

Como todo baile de formatura, todos estavam muito animados e as famílias se confraternizavam. Havia uma sala específica para dançar

# EPÍLOGO

no segundo andar da casa, com uma varanda enorme, e Júlia não pensou duas vezes e arrastou Marcos para lá, assim que pôde. *Vamos sair daqui*, pensou, sabendo que ele a ouviria.

– Não via a hora de poder ficar sozinha com você – disse ela, ao envolvê-lo pelo pescoço.

– Acho meio difícil ficarmos sozinhos no meio de tanta gente – comentou Marcos e riu, segurando sua cintura.

– Oh, Zorb! Você entendeu o que eu quis dizer, não entendeu? Afinal, meus pensamentos não são mais novidades para você – derreteu-se para ele.

– Claro que entendi, Júlia! Não fique zangada, eu só estava brincando – e apertou-a junto se si, iniciando uma dança meio fora do ritmo. – Não sou um bom dançarino, como você logo perceberá.

– Não importa! Eu te ajudo. Para mim basta estar junto de você – ela lhe beijou os lábios delicadamente.

Neste momento, quase todos os jovens encontravam-se no salão, dançando animadamente ao som da música convidativa. Subitamente, muitos voltaram-se para a entrada, o que chamou a atenção de Júlia e Marcos, que olharam também. Era Saulo adentrando o salão, ladeado por uma bela mulher, morena e de cabelos negros, muito bonita. Imediatamente, Júlia a reconheceu. Era Rana, que segurava fortemente o braço de Saulo e era enlaçada por ele, como uma joia rara. Saulo a segurou pela cintura e começaram a dançar lindamente, como se fossem profissionais. Podia se ouvir os cochichos das meninas enciumadas pela presença daquela bela mulher, que elas não tinham ideia de quem fosse. Júlia ficou muito feliz por ver que, finalmente, Saulo havia encontrado alguém com quem poderia dividir sua vida, agora não mais tão atribulada.

Júlia e Marcos dançaram bastante e, quando estavam cansados, Marcos a pegou pelo braço e foram até a varanda para respirar ar puro. A varanda era cercada de vasos de flores pelas laterais, parecendo uma muralha de flores e dava vista para a Pedra da Gávea, perfeitamente visível naquela noite de Lua Cheia.

– Olhe para a Pedra da Gávea agora – disse Marcos e virou-a para a montanha. Então, puxou-a para perto se si e apontou para a Pedra.

Júlia virou-se na direção da Pedra e olhou para cima, encantada com a grandeza da natureza representada por aquela montanha tão estranha, que ela admirava de longa data.

– Observe as nuvens levemente escurecidas pairando acima da Pedra, iluminada pela luz da lua. Isto normalmente significa atividade alienígena naquele local. Usamos aspectos normais da natureza para esconder dos humanos a atividade alienígena. Acredito que os reptilianos podem estar atuando naquela área sem serem incomodados. Quem subiria até aquele local, além dos poucos alpinistas, curiosos em vencer seus próprios limites? – comentou Marcos.

– Atividade alienígena? Nunca havia pensado nisso.

– As pessoas nem imaginam a quantidade de atividade alienígena presente neste planeta. E a maioria ocorre camuflada pelas ações da natureza, para que não despertem curiosidade. Só posso te garantir que não somos nós atuando lá em cima – confidenciou ele. – Mas não quero te incomodar com preocupações – disse ao virá-la para si e segurar suas mãos delicadamente. – Não hoje, na sua festa. Você está tão linda que meu coração chega a descompensar.

Júlia olhou para ele e respirou profundamente, envolvida pelo ambiente romântico e pela música que escutava tocando no salão de baile. Era incrível como seus olhos a atraíam. Pareciam imantados, não conseguia se desviar deles. Zorb tomou-a nos braços e a beijou apaixonadamente, fazendo-a sentir-se a mulher mais bela e realizada do mundo. Ela queria que o tempo parasse. Aquele momento só trazia paz, amor e esperança. Nada de guerras e disputa entre mundos diversos. Representava a união de dois planetas diferentes, através de um casal que havia sido preparado para esta missão.

Neste exato momento, Mariana e Alex chegavam à varanda com o objetivo de respirar ar fresco também. Júlia percebeu a chegada deles e imediatamente resolveu abrir os olhos de Mariana, sua melhor amiga, mostrando-lhe finalmente a verdade entre Zorb e ela.

Então, Mariana olhou para eles e viu um casal envolto em uma luz branca, trocando um beijo apaixonado. Ele, vestido de roupa branca e cabelos loiros soltos ao vento. Ela, de vestido branco cravejado de brilhantes. Ambos formavam um casal real. Mariana custou a entender quem eram eles. Piscou os olhos, olhou novamente e só então percebeu o que estava vendo.

†✝†

Não muito distante dali, uma nave pequena levantava voo de dentro do mar. Era apenas uma nave de fuga, mas que carregava Rino, que fugiu alucinadamente da prisão que o havia detido todos aqueles dias. Havia conseguido subornar um dos guardas, que o deixara fugir. *Todo reptiliano tem seu preço*, ele costumava dizer. Por isso, não foi difícil convencê-lo a lhe deixar sair, em troca de provisões e promessas de regalias futuras. Isso seria fácil para ele conseguir. Iria agora para a Pedra da Gávea encontrar a base maior e mais bem equipada dos reptilianos na Terra.

– Zorb e Ret não perdem por esperar. Cada um terá o que merece, ou não me chamo Rino, comandante da frota estelar dos reptilianos.

# FIM

# MADRAS® Editora

Para mais informações sobre a Madras Editora, sua história no mercado editorial e seu catálogo de títulos publicados:

Entre e cadastre-se no site:

**www.madras.com.br**

Para mensagens, parcerias, sugestões e dúvidas, mande-nos um e-mail:

**marketing@madras.com.br**

### SAIBA MAIS

Saiba mais sobre nossos lançamentos, autores e eventos seguindo-nos no facebook e twitter:

**@madrased**

**/madraseditora**